I0667655

^{8o}Z

LE SENNE

11 h 15

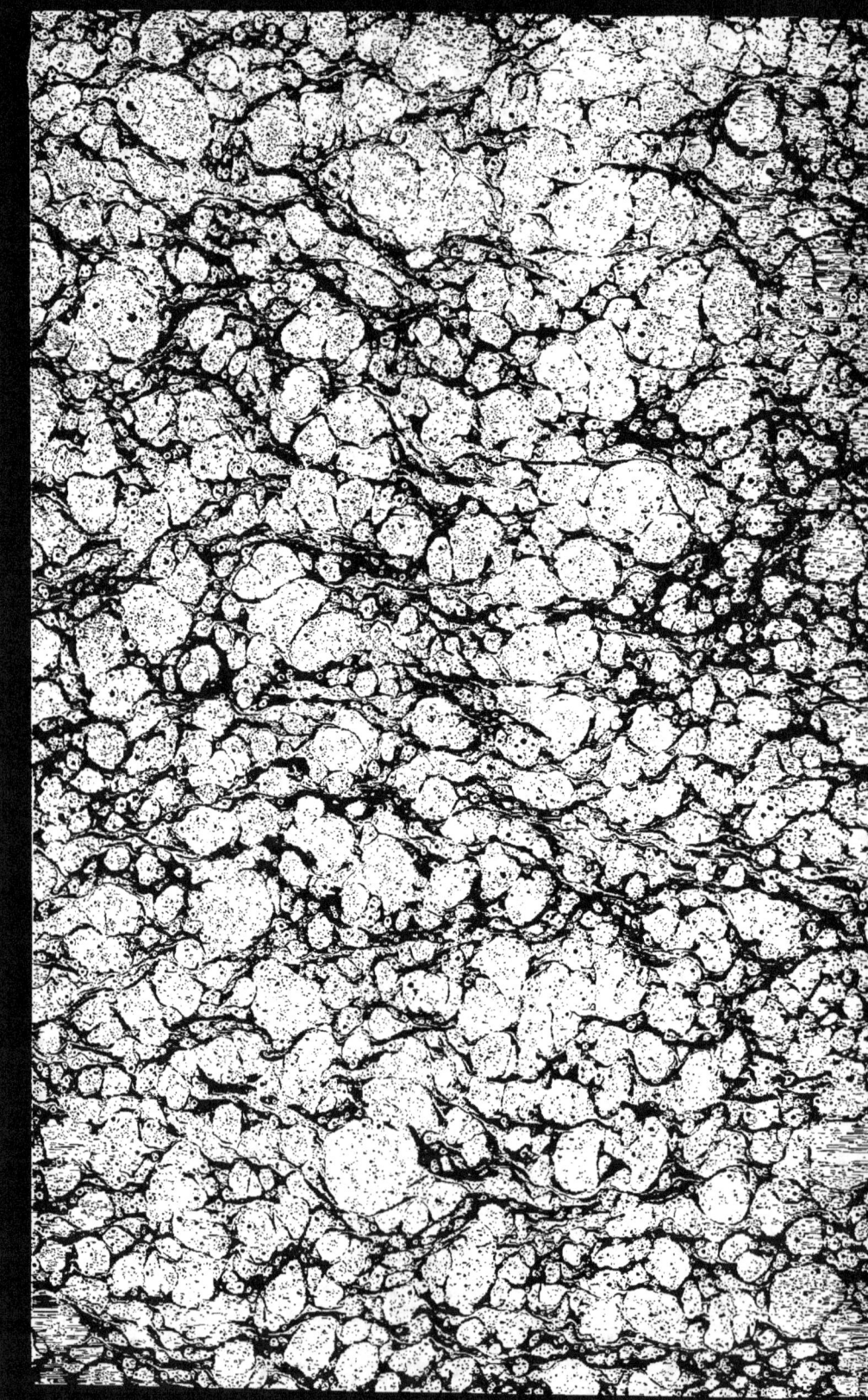

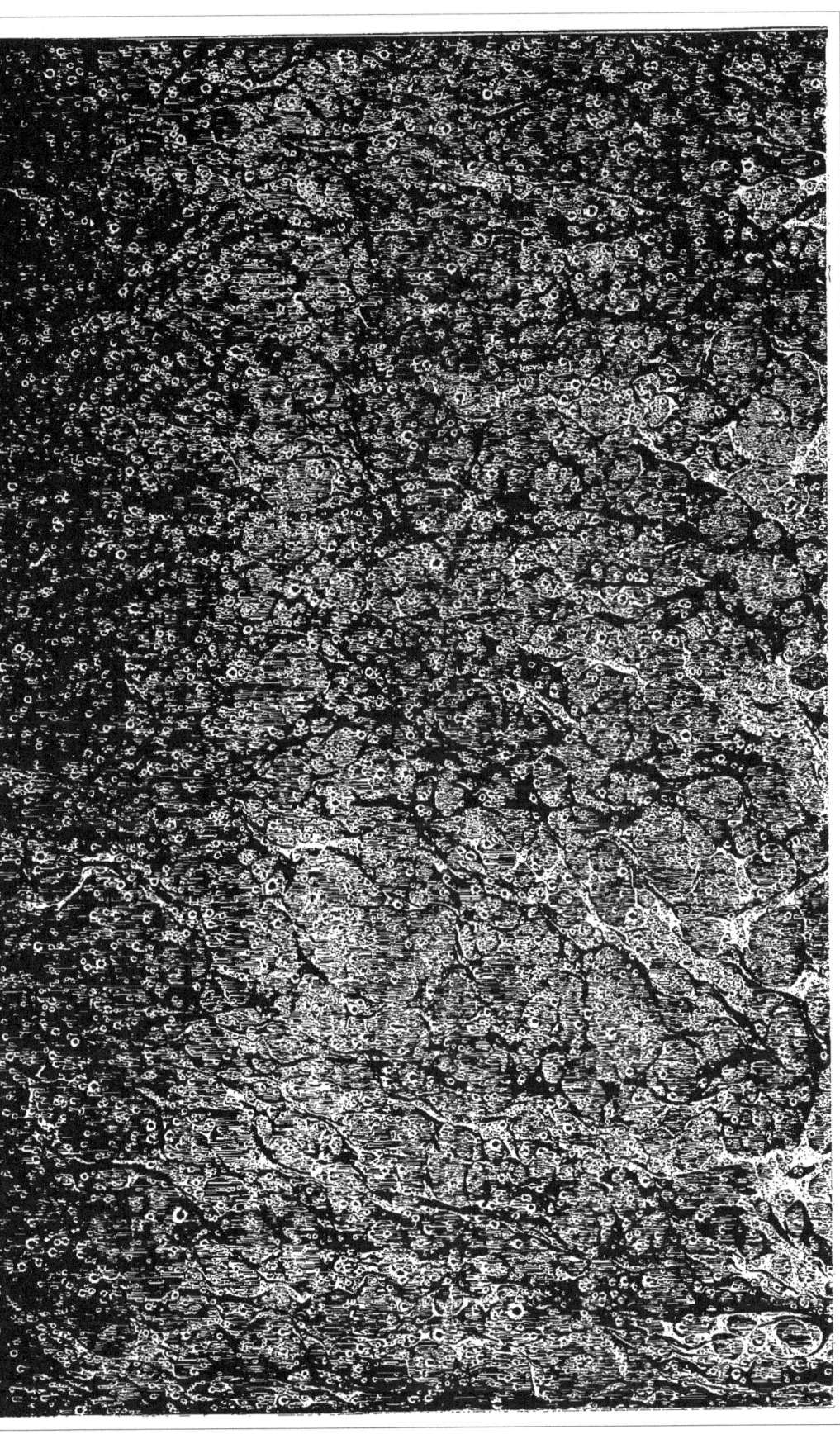

DISCOURS DE RENTRÉE

PRONONCE

PAR

M. MERVEILLEUX DU VIGNAUX

AVOCAT GÉNÉRAL.

COUR IMPÉRIALE DE PARIS

(CHAMBRES RÉUNIES)

———◇◇◇———

PRÉSIDENCE DE M. GILARDIN

PREMIER PRÉSIDENT

———▷※◁———

DISCOURS

PRONONCÉ

A L'AUDIENCE SOLENNELLE DE RENTRÉE

le 5 novembre 1869

PAR

M. MERVEILLEUX DU VIGNAUX

AVOCAT GÉNÉRAL.

PARIS

E. DONNAUD, IMPRIMEUR DE LA COUR IMPÉRIALE

9, RUE CASSETTE, 9.

—

1869

8° Z le Senne 11.415

DISCOURS DE RENTRÉE

PRONONCÉ PAR

M. MERVEILLEUX DU VIGNAUX

avocat général

Monsieur le premier président,

Messieurs,

L'histoire des Parlements est l'histoire même de la France.

On ne se lasse pas de considérer cet antique établissement, né de l'ordre qui se faisait dans les esprits et dans les choses, pour devenir bientôt à son tour le principe d'un ordre plus complet encore. On ne se lasse pas d'étudier cette institution profondément nationale, dont nous ne trouvons l'équivalent chez aucun peuple, et dont la vie a été si intimement liée à celle du pays, qu'on sent pour ainsi dire palpiter la France dans toutes les vicissitudes de ses Parlements. Ils étaient grands, lorsqu'à leur origine, ayant pour tâche unique la distribution de la justice, ils jouaient ainsi le premier rôle, après celui de la religion, dans le travail de l'organisation civile, et, sans y prétendre encore, dans la politique, en rappelant continuellement aux gouvernants et aux gouvernés les principes inflexibles et tutélaires du droit. Ils ont été grands aussi, lorsque, au sein d'une société où devenait nécessaire ce contrôle permanent, indépendant, et en même temps respectueux et éclairé, qui contient et par cela seul fortifie le pouvoir souverain, ils sont arrivés, comme un intermédiaire entre ce pouvoir et les citoyens, à prendre ouvertement part à l'œuvre législative et à l'administration du royaume. Mais cette élévation même devait être la première cause de leur ruine. L'ordre judiciaire était troublé dans son essence, par une confusion dont l'expérience de plusieurs siècles a montré le danger. Ceux qui le composaient allaient donner de magnifiques exemples de sagesse, de fermeté et de courage ; mais ils étaient mêlés à tous les actes et à toutes les agitations de la vie publique, et, en supposant qu'ils pussent, dans ces régions périlleuses, conserver leur impartialité, ils en devaient perdre au moins l'apparence. L'origine, l'éducation, les mœurs, l'inamovibilité, l'esprit de corps des membres de ces compagnies, étaient admirablement propres à former d'éminents magistrats : ces dons étaient au contraire presque un danger quand il s'agissait, non plus d'appliquer, mais de discuter les lois, non plus de « dire le droit, » mais d'administrer. Représentants de la nation, les Parlements n'étaient cependant pas soumis à cette règle du renouvellement et à ce contact perpétuel avec les populations, qui imposent l'étude assidue et procurent la connaissance approfondie des besoins intimes du corps social. Par une étrange inconséquence, cette autorité irresponsable qu'ils étaient appelés à contrebalancer, ils se trouvaient conduits à l'exercer eux-mêmes, exposés ainsi à compromettre, en obéissant à des influences de parti, de caste ou de secte, tantôt les intérêts dont ils se déclaraient chargés, tantôt les hautes nécessités d'un gouvernement dont la nature des choses les portait à se croire les tuteurs.

Aussi ont-ils commis d'immenses fautes, dont, il faut le dire, la constitution mal équilibrée de la France a été plus coupable qu'eux-mêmes ; mais ils ont rendu d'immenses services ; par-dessus tout, ils ont constamment et ardemment aimé la justice et la patrie, et, en sentant vivre en nous le même amour, nous reconnaissons bien que nous sommes leurs descendants.

Oui, leurs descendants, et non pas seulement leurs successeurs, et nous en sommes fiers. Mais, de même que des fils, glorieux du nom qui les oblige, et des titres laborieusement acquis sous d'autres régimes par la race dont ils sont issus, étudient avec

une sincérité respectueuse la vie de leurs pères pour
reconnaître les erreurs commises et éviter les malheurs soufferts, de même, quand nous nous procla-
mons héritiers des magistrats d'autrefois, nous devons méditer leur histoire, pour n'accepter de cet
héritage que ce que nous pouvons, en soutenant
avec un libre dévouement les institutions présentes
de la France, mettre au service de la justice et du
pays.

Cette histoire, messieurs, qui ne la connaît? Qui
de vous surtout ne connaît celle où se résume tout
ce vaste ensemble, l'histoire du Parlement de Paris?
Rien n'est comparable à ses annales. Le premier par
son ancienneté, par le nombre et l'illustration de
ses membres, par l'éclat de son barreau, par cette
juridiction des « grands jours » qui portait de temps
en temps la solennelle justice de la Cour de Paris aux
lointaines extrémités de son ressort, il l'a été encore
et surtout par la politique. Tous les regards se fixaient
sur le Sénat où siégeaient les princes, les pairs et le
roi lui-même, et dont le chef, dans les assemblées
des notables, où chacun des autres présidents de
Cours était désigné par le nom de sa compagnie,
s'appelait entre tous : « Monsieur le premier président. » Ce Conseil indépendant, auquel, jusqu'à la
fin, on disputa vainement, et l'on ne put enlever que
temporairement le droit, une fois acquis, de remon-

trances, a touché à tout, et a laissé partout la trace
de son initiative, de son concours, ou de son opposition. Il a brisé des testaments royaux de la même
main séculaire qui avait soutenu les droits hérédi-
taires des souverains ; il a fait d'incroyables inva-
sions sur le domaine de la doctrine religieuse et de
l'administration des consciences ; il a, enfin, rem-
placé, trop longtemps ! dans les matières de finances, les États généraux, si peu, si tard, et si mal
consultés. A-t-il, comme on l'assure, contribué par
d'injustes ou intempestives résistances à la chute de
cette ancienne monarchie dont il n'a cependant jamais cessé de se proclamer le soutien ? Peut-être...
Qui peut savoir, pourtant, quelle part ont eue dans
ce désastre, amené par tant de causes, des fautes
incomparablement moins funestes que ce que j'ose
appeler le suicide de la royauté ? Quoi qu'il en soit,
rien n'est plus grand, plus émouvant, plus plein d'en-
seignements que cette histoire, et c'est à vous,
messieurs, qui siégez encore dans ce vieux palais où
le Parlement a vécu, et où il est mort, qu'elle appar-
tient surtout comme un de ces livres de famille où,
pour élever son âme au milieu du combat de la vie,
on interroge l'âme des ancêtres.

D'autres vous ont dit les principaux traits de la
longue existence du Parlement de Paris : je me pro-
pose de vous raconter sa mort. Nous trouverons, je

le crois, dans ce récit, quelque chose de l'impression grave et salutaire que nous laissent, comme le meilleur legs de ceux qui ne sont plus, leur agonie, leurs dernières paroles, leurs derniers aveux.

Plusieurs fois, le Parlement avait failli mourir. Quelle vitalité, messieurs, il lui avait fallu pour survivre à tant de blessures, reçues d'en haut, d'en bas, à celles qu'il s'était faites lui-même! pour résister aux lits de justice, aux interdictions, aux exils, aux séditions populaires, aux divisions nées dans son sein, aux excès de son propre pouvoir, à ces démissions en masse et à ces suspensions volontaires de travaux qui nous apparaîtraient comme le comble de la prévarication si les magistrats d'alors n'eussent été que des juges !

Ainsi revint-il en 1774, après plus de trois années de dispersion, lorsqu'une mesure qui fut impolitique, mais que Louis XVI crut juste, rapporta les édits qu'avait inspirés le chancelier Maupeou, sans prendre, pour organiser une représentation nationale et éviter par là de nouveaux conflits, les dispositions conseillées par Turgot. Il reprit, comme il l'avait déjà fait, sa marche sans que rien fût changé dans la situation, si ce n'est qu'il rentrait avec un grief et une force de plus contre le gouvernement.

C'est un livre, messieurs, et non pas un discours, qu'il faudrait pour marquer l'exacte mesure des torts réciproques des magistrats et du pouvoir. Je fais, permettez-moi de vous le dire, un sacrifice au devoir de ménager votre attention bienveillante, en omettant d'intéressants épisodes et des citations tirées d'archives trop peu connues, qui justifieraient mes appréciations. J'ai du moins l'espoir que votre indulgente confiance et vos propres souvenirs suppléeront à ce que je ne puis détailler ici.

On a reproché au Parlement son opposition aux sages réformes de Turgot, puis aux plans financiers de Necker. Il faut déplorer cette résistance, mais en même temps l'excuser. Sous un régime où rien n'aidait, où tout entravait le développement de l'esprit public, il se formait des opinions, mais l'opinion générale ne mûrissait qu'avec lenteur. Ne nous étonnons pas qu'un corps de magistrats dépositaires de la loi, jeté pour ainsi dire contre nature au milieu d'une pénible élaboration économique et sociale, et appelé à contrôler, par cela seul qu'on les lui présentait à enregistrer, des actes qui touchaient à d'antiques institutions, ne fût pas des premiers à accepter ces changements. Étonnons-nous plutôt qu'on soit resté sourd aux observations qu'il crut devoir faire lorsque Calonne vint mettre, par son brillant et séduisant désordre, le comble à la détresse de l'État. Tandis que de révoltants abus et des prodigalités inouïes et systématiques gaspillaient, en présence de la misère des classes inférieures, les ressources pourtant abondantes du trésor, les édits d'emprunt se succédaient d'année en année. Soyons justes : était-il possible que le Parlement, seul en position de réclamer, et convié à accepter une part dans la responsabilité de ces faits, ne protestât pas contre le régime moral et financier qui les produisait ?

Il ne le fit d'abord qu'avec une modération qu'on a bien su faire ressortir, quand on lui a reproché plus tard ce que l'on a appelé l'inconséquence de sa conduite. Bientôt les révélations faites à l'assemblée des notables justifièrent toutes ses alarmes. Calonne succomba ; Fourqueux traversa, impuissant, le ministère. Brienne, son triste successeur, essaya vainement d'arrêter, par des allégations artificieuses et par la production de documents incomplets, les recherches de plus en plus inquiètes d'une assemblée sur la complaisance de laquelle on avait compté. On se hâta de dissoudre la réunion où de brûlantes questions commençaient à s'approfondir ; mais Lafayette avait pu prononcer cette parole : « Il nous faut des États généraux, et plus, s'il est possible. » Et lorsque, le 25 mai 1787, après trois mois de vains débats, les notables durent se séparer, le premier président du Parlement ne fit qu'exprimer leur impression unanime en disant au roi, dans la séance de clôture : « Les notables ont vu avec effroi la profondeur du mal causé par une administration dont votre Parlement avait plus d'une fois prévu les conséquences. Les différents plans proposés à Votre Majesté méritent la délibération la plus réfléchie ; le silence le plus respectueux est en ce moment notre seul partage. »

Mais les magistrats ont demandé les États généraux !... il n'est pas de point sur lequel les écrivains aient plus sévèrement, et, en vérité, moins équitablement apprécié la conduite du Parlement. Il est comme convenu qu'il a fait tout le mal, et que sa voix, s'élevant pour que la nation fût consultée, a été presque celle de la révolte. On oublie qu'il n'a pas même eu l'initiative de cette demande, déjà faite depuis seize ans par la Cour des aides, et formulée à plusieurs reprises par les Cours de province et par d'importants personnages... j'allais dire par le pays tout entier. Eh bien ! non, le Parlement n'a pas été séditieux.

On venait, un an après un emprunt, énorme pour ce temps, qui, aux termes du préambule de l'édit, devait être « le dernier secours pour rétablir l'ordre dans les affaires, » de lui apporter, sans les préliminaires accoutumés, deux lois fiscales qui égalisaient, sans doute, mais aggravaient la masse déjà écrasante des impôts (1). Les règles de la plus élémentaire prudence commandaient du moins certaines précautions au moyen desquelles, suivant tous les hommes sages,

---

(1) Sur le Timbre et sur la Subvention territoriale. V. *Collection Isambert.*

on eût pu obtenir encore le concours du Parlement.
Elles furent toutes négligées, et il semble même qu'on
se soit plu à froisser, de parti pris, toutes les suscep-
tibilités de la compagnie. La forme insolite de la
présentation (1) et le fond des édits soulevèrent un
débat où les magistrats, par une application extrême,
mais logique, de leur droit d'examen, demandèrent
d'abord seulement la communication de documents
précis sur la situation des finances. Il était politique-
ment difficile, j'en conviens, que cette communication fût accordée : le gouvernement la refusa. Mais
fallait-il donc enregistrer aveuglément, et faire un
précédent de plus ? La nation gémissait, et personne
ne la représentait en face du pouvoir excessif des
ministres. La conduite à suivre désormais était indi-
quée par un refus où s'accusait nettement le vice
fondamental des institutions. On opposait au Parlement son incompétence : il la reconnut ; mais il en
appela aux juges compétents. Quel était le secret dessein de quelques-uns de ses membres, et notamment

(1) L'usage avait toujours été de communiquer d'avance les
projets d'édits au premier Président qui les soumettait aux
présidents et aux membres les plus expérimentés de la compagnie. L'espèce de commission ainsi formée pouvait peser
avec calme et maturité les raisons de décider. Elle aurait pu,
dans les circonstances où l'on se trouvait alors, travailler à
faire adoucir certains articles et à faire limiter la durée des
charges nouvelles dont le caractère perpétuel contribuait surtout
à effrayer le Parlement. On choisit pour supprimer cet usage
les graves conjonctures où il était plus nécessaire que jamais de
l'observer.

du conseiller Sabathier de Cabre, qui osa dire tout
haut ce qui était au fond de tant de pensées?
Quelles intrigues plus ou moins méprisables ou cou-
pables s'agitaient au dehors, prêtes à exploiter toutes
les fautes? Quelle était, eu égard à l'effervescence
des esprits, l'opportunité d'un appel au peuple français? Ce n'est pas le lieu de le rechercher; je n'étu-
die que les intentions de la compagnie judiciaire. J'ai
suivi, dans les procès-verbaux des assemblées secrètes des chambres, le mouvement et le progrès des
opinions, des représentations et des résistances: j'y
ai vu la trace de quelques exagérations et de regret-
tables entraînements; mais j'y ai trouvé l'éclatante
preuve qu'en demandant les États généraux et en
abdiquant la fonction dont il avait été le plus jaloux,
le Parlement a cru faire un acte de patriotisme. Le
sacrifice, j'en conviens, n'était pas héroïque : le moment était venu où il était plus périlleux de retenir
ce privilége que dommageable de l'abandonner. Mais
de pareilles renonciations ne se font jamais sans ef-
fort; la nuit du 4 août et sa facile ivresse étaient loin
encore, et au sein d'une société où subsistaient tant
d'autres droits qui devaient aussi diparaître, il y
avait quelque grandeur à se dépouiller le premier.

Comment répondit-on? Par un lit de justice.

Messieurs, savons-nous bien ce que c'était qu'un
lit de justice? Je ne connais, pour moi, rien de plus

attristant que l'étrange chose que déguisait ce beau
nom. Je ne parle pas seulement de ce qu'avait de déplorable le spectacle de deux grands pouvoirs ne se
rencontrant, dans tout l'éclat de leur majesté, que
pour se combattre. Ce qui frappe surtout dans ce dé-
ploiement de l'autorité souveraine, c'est l'irrémé-
diable stérilité à laquelle une constitution à la fois
incomplète et immobile condamnait, de part et
d'autre, les intentions les plus pures et les efforts
les plus loyaux. Partant de principes contradic-
toires et mal définis, le roi ne pouvait plus que
commander, le Parlement que prononcer, par l'organe de son chef, le texte préalablement arrêté
d'une vaine protestation. Nulle discussion, nul rap-
prochement possible entre deux partis renfermés
dans des formules exclusives, et forcés de se heurter
ou de s'effacer l'un devant l'autre. Le Parlement,
après avoir, en pompe, traversé Paris inquiet et ses
environs étonnés, va s'agenouiller à Versailles ; mais
ce n'est que l'attitude extérieure d'une soumission
qui n'est pas dans les cœurs et que tout à l'heure
on va désavouer. L'avocat général prononce un
discours indépendant, presque trop indépendant,
contre l'édit ; mais il faut qu'il conclue, en termi-
nant, au nom du roi, à ce que le greffier enregistre.
Puis se passe une scène muette qu'on ne peut se figu-
rer sans ressentir une souffrance que la force des

usages et l'habitude des fictions atténuaient, nous
devons le croire, pour nos pères. Le garde des sceaux
de France monte vers le trône, prend à genoux les
ordres du souverain, et, dit le procès-verbal, « va
aux opinions. » Il passe dans tous les rangs d'une
vaste assemblée de personnages, d'officiers et de magistrats, qu'il est censé consulter; mais pas un mot
ne tombe et ne peut tomber de ces deux cents
bouches, et, ce simulacre péniblement accompli,
l'enregistrement est ordonné... Certes, mieux eût
valu se passer du Parlement que de lui faire jouer
ces représentations dérisoires.

Voilà ce qui se fit le 6 août 1787 (1).

Le Parlement insista. Pouvait-il se contenir? il
l'aurait dû, cependant. Il eut tort, dans la forme surtout. Jusqu'alors, il avait pu se croire obligé de signaler l'étendue du mal et de proposer le remède.
Cette tâche était désormais remplie. La protestation
la plus complète et la plus solennelle venait d'avoir
lieu. Évidemment incompétente pour prendre les
mesures qu'elle avait conseillées, la compagnie
n'avait plus d'autre responsabilité à accepter que

---

(1) Pour le détail de ce lit de justice, le texte de toutes les
délibérations du Parlement, et celui des réponses faites par
le roi, voir les pièces conservées aux Archives impériales. Ces
documents, d'un haut intérêt, sont classés dans les cartons du
Registre secret XIu 8986 à 8991.

celle de l'agitation entretenue et augmentée par son
exemple : elle l'accepta. Tout lui commandait un
calme prudent et digne. Les provocations même qu
étaient dirigées contre elle devaient lui faire sentir
d'autant plus la nécessité d'une attitude réservée.
Elle les considéra comme un défi, et s'oublia jusqu'à
y répondre.

Au lieu de la simple et inoffensive protestation
de style qu'on insérait ordinairement au registre
secret à la suite des enregistrements forcés, le Parlement déclara « nulle et illégale » la transcription
ordonnée, et « clandestine » la publication du procès-verbal du lit de justice ; il mit Calonne en accusation... Des lettres patentes transférèrent son siége
à Troyes, en ordonnant aux magistrats de s'y rendre
sous quatre jours.

Ainsi se consomma cet acte, produit d'une véritable aberration politique, qui, frappant indistinc-
tement les ardents et les sages, donnait, par une
persécution ouverte, un nouveau prestige à la conduite du Parlement, et laissait réunis, dans des circonstances où ils n'avaient plus en réalité d'autre
occupation que l'organisation collective de leur résistance, les exilés que Maupeou avait du moins su
disperser. La faute était inexcusable, car on avait,
maintes fois déjà, pu reconnaître, par l'épreuve qu'on
en avait faite, le danger de pareilles translations. La

compagnie tint à garder un calme apparent : elle
obéit, et se transporta au lieu désigné ; cent qua-
rante membres environ s'y trouvèrent dès la première assemblée et enregistrèrent les lettres patentes ; mais ils déclarèrent persister dans leurs
précédents arrêtés. Une manifestation qu'on eût dû
prévoir se produisit de toutes parts. Des séances en-
tières furent employées quotidiennement à recevoir
les députations ou à lire les adresses de tous les
corps constitués qui célébraient à l'envi l'exemple
donné par le Parlement. Ce n'était pas seulement le
témoignage suspect de la faveur populaire, c'était
l'approbation enthousiaste de tout ce qu'il y avait
en France de plus considérable, et, il faut le dire,
de plus attaché à la royauté, dans l'ordre judiciaire
et même dans l'ordre administratif (1). Il eût fallu
que les magistrats ne fussent pas des hommes pour
que de pareilles louanges ne les exaltassent pas. Les
plus modérés se laissèrent aller à un mouvement à
peu près irrésistible.

Pendant ce temps, le cours de la justice était
complètement interrompu. Les juges ainsi trans-
plantés n'étaient guère d'humeur à s'occuper de
travaux paisibles, et, quand ils l'eussent voulu, les

---

(1) Les plus curieux détails, avec le texte de tous les discours et de toutes les adresses, se trouvent au carton 8987.

justiciables n'en auraient pas profité. Les procureurs et le barreau n'avaient accompagné le Parlement que de leurs vœux et de leurs hommages. Chaque jour on prenait séance, un huissier ouvrait les portes, et l'audience était levée après un semblant d'appel. Cette situation était sans issue : il devenait certain que la compagnie ne céderait pas. Les vacances approchaient; on eut recours à un dernier moyen d'intimidation, en envoyant à enregistrer des lettres patentes qui ordonnaient la continuation à Troyes du service de toutes les chambres pendant le temps ordinaire des vacations. La Cour enregistra avec une fermeté désespérante, et se contenta d'arrêter que le premier président irait exposer au roi un état de choses où, malgré les efforts des magistrats, la justice due par le souverain à ses peuples ne se rendait plus.

Il fallut négocier avec elle, et enfin on prit le parti de la rappeler purement et simplement en rapportant les édits. Voilà à quoi la violence avait encore une fois abouti.

Allait-on enfin donner une satisfaction loyale à des vues si énergiquement manifestées par un corps qui revenait triomphant? Tout en faisait un devoir au ministère. Je n'ai pas à faire ici le tableau de ce qu'était la nation à cette heure où, après plus de trois quarts de siècle, votre pensée, messieurs, ne peut se reporter sans qu'il vous semble assister aux tressaillements précurseurs d'une éruption. Mais s'il est vrai que la pression du dehors ait influencé le Parlement, comment ne pas redire, pour caractériser le pas immense que venait de faire l'esprit public, ce mot presque vrai qu'on a souvent répété : La révolution était faite après l'assemblée des notables?

Pour diriger, en conciliant le passé et l'avenir, un flot désormais irrésistible, où, à côté des aspirations les plus justes, montaient rapidement les plus détestables passions, il fallait de vives intelligences associées avec de fermes volontés, le travail des penseurs uni au savoir pratique, la prudence jointe à la vigueur, la persévérance au courage, le désintéressement et la moralité intacte à la vocation des grandes responsabilités... Qu'avait-on pour réaliser, même de loin, cet idéal?

Le roi? la cour?... d'augustes vertus luttaient, mais sans force, sans suite, sans système déterminé, et par conséquent sans fruit, contre un scepticisme politique et moral, dont Beaumarchais, applaudi pa les princes et les grands, a été la personnification, et contre une corruption que les plus tristes procès venaient d'étaler aux yeux de ceux qui pouvaient l'ignorer encore. De louables exemples d'économie, des règlements réduisant les dépenses royales, demeuraient presque inaperçus au milieu d'un luxe insensé, et de cette espèce de routine des pensions et des coûteuses faveurs qui faisait dire à l'un des courtisans, l'un des plus éclairés, pourtant, qu'on le traitait « à la turque » en troublant une de ces possessions abusives (1). La cour, ajoutons-le, car c'est le secret de plus d'un incident fatal, vivait, comme au temps de Saint-Simon, dans un éloignement profond et orgueilleux de la magistrature. « La barrière qui sépare la robe de la cour, dit dans ses notes le baron de Bezenval, est si forte que tout ce qui concerne la première paraît à Versailles absolument étranger (2). »

Les ministres ? Brienne ! Lamoignon !... Je n'ai qu'à m'associer, quant « au principal ministre, » aux justes et éclatantes sévérités de l'histoire. L'autre ne mérita pas assurément d'aussi graves reproches; mais un membre de l'illustre famille dont les titres ont été rappelés en cette enceinte (3), un président à mortier monté de ces hauts siéges au rang de chef suprême de la magistrature, un Lamoignon garde des sceaux, n'était pas fait pour

(1) Le baron de Bezenval.
(2) Mémoires du baron de Bezenval, t. III, p. 13, édition de 1805.
(3) Discours de rentrée prononcé en 1861 par M. l'avocat général Oscar de Vallée.

l'œuvre déplorable à laquelle on le vit accorder
son actif concours. Je veux bien que, frappé des
abus certains que lui avait révélés la pratique même
des fonctions judiciaires, il ait eu la louable pensée
d'en devenir le réformateur (1). Mais il devait s'allier
à d'autres hommes, et employer d'autres moyens.
Sa mémoire reste chargée d'une partie des maux
qu'une inconcevable imprudence, d'irritantes provocations, d'excessives rigueurs, d'injustes et hau-
tains refus, ont causés à la malheureuse nation où
les ennemis de l'ordre profitaient, comme toujours,
de tout ce qui divisait ses défenseurs.

Un seul homme parut, quelque temps, pouvoir
rallier, au service du bien public, les éléments dés-
unis. Expérience consommée, indépendance de
situation, vertu sans tache, probité pour ainsi dire
rayonnante, dévouement, modération de caractère,
impartialité de cœur, et, ce qui est plus rare encore,
d'esprit, tout faisait de lui l'espoir des gens de bien
et du prince qui l'aimait. Son nom a eu le glorieux
privilége de recevoir les hommages de tous les partis,
et Mirabeau mourant disait à Cabanis : « Oh ! si

---

(1) Mémoires de Bezenval, t. III, p. 29 et suivantes. On y
trouve le texte d'un travail présenté au roi par M. de Lamoignon, alors président à mortier, sur les abus qui régnaient
dans l'administration de la justice.

j'eusse apporté dans la révolution une réputation
semblable à celle de Malesherbes(1) ! »

Messieurs, vous l'aviez déjà reconnu. C'était lui
qui, avec tant de courage et cependant de mesure,
en 1771, à une époque où l'on pouvait encore, presque sans péril pour la paix publique, convoquer les
États généraux, avait demandé, au nom de la Cour
des aides, l'appel, en matière d'impôts, au pays lui-
même. Premier président de cette Cour, il avait alors
pris la défense et partagé la disgrâce du Parlement,
pour lequel c'est une gloire et comme une attestation
aux yeux de la postérité d'avoir eu un pareil défen-
seur; mais il l'avait fait avec autant de dignité que
de fermeté, sachant se garder de ce qu'il pouvait y
avoir de passionné dans le débat. Quand il était revenu de l'exil, c'était à la fois aux deux partis qu'il
avait adressé cette exhortation qui devrait être, dans
tous les temps, la devise de l'administration et la
règle des bons citoyens : « Oublions le passé, excu-
sons les faiblesses, sacrifions les ressentiments. »
Parent du garde des sceaux, il avait fait des efforts
réitérés pour empêcher l'exil du Parlement qui le
respectait et sur lequel il aurait pu exercer le plus
salutaire empire. Tout ce qu'il y avait de vraiment

---

(1) Droz, *Histoire de Louis XVI*, t. III, p. 269.

utile dans les réformes que demandaient ou allaient
demander les magistrats, il l'a proposé et il n'a pu
l'obtenir... Ce fut le plus triste signe de ce temps
que l'impuissance de Malesherbes, et on sent que
tout est perdu le jour où on le voit s'éloigner accompagné seulement dans sa retraite par ce mot navrant
du faible monarque dont il ne devait plus que défendre la tête et partager la mort : « Vous êtes plus
heureux que moi, vous pouvez abdiquer ! »

Restait le Parlement. Il était, au fond, sincèrement
dévoué au souverain et à la monarchie ; mais son
esprit avait fini par se modifier sous la pression des
doctrines nouvelles, dont ses traditions et ses habi-
tudes l'avaient longtemps préservé, et si, dans l'ensemble de sa composition et de son attitude, on re-
trouvait encore l'image du Parlement des anciens
jours, ce n'était plus cependant le sénat d'autrefois.
Les sentiments religieux qui dans la vie privée, ont
le don d'apaiser tant de tumultes, ne sont pas moins
nécessaires dans la vie publique pour modérer certains entraînements. Le Parlement ne les avait pas
au degré que les circonstances demandaient cependant plus que jamais. Les manœuvres du parti phi-
losophique avaient plus ou moins atteint les jeunes
magistrats et quelques-uns des membres plus âgés
de la compagnie. Le reste, trop semblable à ce qu'il
avait été dans les déplorables querelles du règne

précédent, mêlait souvent à des convictions respecta-
bles quelque chose d'âpre et d'agressif qui en alté-
rait l'heureuse influence. Ce qui doit être par excellence un élément de conciliation prenait ainsi comme
une couleur de parti, et ce qui aurait dû dominer
les agitatious ne faisait parfois que les servir. D'autre part, les théories sociales ou constitutionnelles
répandues par les publicistes et accréditées par les
événements avaient mêlé chez un certain nombre de
magistrats des erreurs funestes à des tendances sagement libérales. Ainsi ébranlé dans ses principes, le
Parlement était en même temps, par une réaction
qu'on s'explique sans peine, d'autant plus absolu en
ses idées que le pouvoir l'était davautage en sa politique. Certaines causes particulières augmentaient
le danger. « Sur environ cent cinquante membres
qui composaient le Parlement, dit l'ancien conseiller Sallier dans ses Mémoires, si pleins d'intérêt
et d'impartialité, plus d'un tiers était dans l'âge où
la vivacité de l'imagination n'est pas encore tempérée
par l'expérience. Par un vice de constitution de la
Cour, dans ses fonctions ordinaires, les deux âges
étaient séparés : la grand'chambre et les enquêtes
formaient comme deux corps habituellement dis-
tincts, privés entre eux des relations qui fondent les
opinions et les font participer à la fois de l'énergie de la jeunesse et de la prudence de l'âge

mûr (1). » Dans les réunions générales, la fraction la
plus ardente de l'assemblée soutenait avec éloquence
et faisait aisément triompher ses avis concertés, en
présence des anciens de la grand'chambre, qui demeuraient presque muets, et sous la présidence d'un
chef de compagnie qui ne savait pas diriger avec une
autorité suffisante les discussions de la Cour (2).

L'excitation n'était pas seulement mutuelle entre
les magistrats : elle venait, malheureusement, aussi
du dehors. Une extrême agitation régnait dans le
public : la résistance du Parlement en avait été, non
pas, comme on l'a prétendu, la cause, mais l'occasion
ou le prétexte, en donnant une issue et une direction
précise aux sentiments encore confus qui soulevaient
les masses, et aux menées des partis. Le Palais était
devenu le rendez-vous d'une foule composée des éléments les plus divers, qui attendait, avec une impa-
tience souvent tumultueuse, la fin des séances générales. On se précipitait au-devant et sur les pas des
membres de la Cour pour savoir d'eux les résolutions prises, et telle était l'exigence de cette curio-
sité que l'archevêque de Paris, ayant un jour refusé

---

(1) Guy-Marie Sallier, *Annales françaises*, 1ʳᵉ partie, pages 79
et suivantes. Rien de plus complet ni de plus sincère n'a été
écrit sur l'esprit et l'attitude du Parlement et sur l'histoire de
ces dernières années.
(2) Sallier, p. 80.

de la satisfaire, fut insulté publiquement. Les jeunes conseillers se laissaient aller à livrer immédiatement le résultat de délibérations dont le secret, au moins momentané, était cependant imposé par les convenances autant que par les règles de la compagnie. Ils recevaient en échange des applaudissements qu'il eût dû leur suffire d'entendre une fois pour que leur dignité frémît sous l'impression d'un si humiliant triomphe (1). Tel est le fatal effet de la popularité, dangereuse épreuve que le magistrat doit redouter entre toutes, tentation subtile où il n'est pas d'erreur, de faiblesse, de passion, qui ne puisse, afin de tromper une âme honnête, se travestir en indépendance et usurper le nom de dévouement au bien public. Tout conspire alors contre celui qui a le malheur ne n'être pas assez fort ou assez expérimenté pour n'écouter jamais que la voix intime de sa conscience. Les louanges du monde... qui peut se flatter d'y être insensible ? La perspective de défendre une cause opprimée... quoi de plus séduisant pour un cœur généreux ? Mais un esprit ferme sait qu'il n'y a pas moins, et qu'il y a souvent plus de mérite à dégager la notion du pur devoir des impressions de l'extérieur que des influences d'en haut.

(1) Sallier, p. 93, 94, 95.

Il sait aussi que l'approbation des masses et surtout
des partis est presque toujours ou inconsciente ou
passionnée, et que le plus ordinairement ceux qui
applaudissent à de certains actes se méprennent
sur leur véritable motif, ou les exploitent. Dieu
merci, messieurs, le temps n'est plus où des attributions confuses rendaient aux corps judiciaires cette
sage conduite si difficile. Il nous est aisé, maintenant, de montrer que, si nous sommes jaloux de ce
que l'on appelle notre indépendance, nous n'aspirons
pas à ce qu'on nomme la popularité. Du moins, nous
n'en voulons pas mériter d'autre que l'estime et la
confiance dues à l'honneur intact, à une impartialité
éclatante, à une vie privée exemplaire, à la sévérité
pour soi-même, et à la modération gardée jusque
dans l'exercice des plus rigoureux devoirs.

J'ai parlé des éléments de résistance que présentait la compagnie ; l'opposition n'y était cependant
pas systématique, et il importe de signaler surtout
un sentiment très-honorable qui disposait le Parlement à la conciliation. Les magistrats portaient avec
peine le poids d'un souvenir qui était pour eux un
avertissement, celui de la part si malheureusement
prise par leurs devanciers aux troubles de la Fronde,
où leur caractère s'était abaissé. Dans les occasions
où les membres de la Cour souveraine aimaient,
comme nous, à s'entretenir de leurs annales, et

même dans les conversations particulières, on ne parlait jamais de cette époque de l'histoire, et ce silence fidèlement observé disait assez que le Parlement avait à cœur de faire oublier ce qu'il cherchait à oublier le premier (1).

Au lieu de profiter de sa louable tendance, on le rendit hostile. Il eut tort de se laisser glisser sur la pente ; mais il fallait, et on pouvait ne pas l'y placer. Il suffisait de faire un pas vers lui ; ce pas, on négligea, on refusa de le faire.

Les négociations qui avaient précédé le rappel du Parlement étaient de nature à rassurer tous les amis de la paix. Un conseiller célèbre, au caractère duquel les historiens n'ont pas suffisamment rendu justice, et qu'on appelle trop volontiers le fougueux d'Eprémesnil, avait mis au service de l'intérêt commun la grande influence que son talent et ses convictions chaleureuses, en même temps que son dévouement au roi, lui avaient donnée dans le *parti des enquêtes*. Sur son avis, un édit, prorogeant simplement un ancien impôt, avait été enregistré à Troyes, et il était convenu qu'un autre édit, établissant un emprunt réparti entre deux années, serait accueilli à la faveur de la promesse qu'il contiendrait,

---

(1) Sallier, p. 107.

d'une prompte convocation des États généraux (1).

Brienne et Lamoignon commirent-ils à ce moment une nouvelle faute plus grave que toutes les précédentes, ou combinèrent-ils, comme l'assure Sallier, un moyen de dépopulariser le Parlement en soulevant une difficulté de pure forme et une querelle de prérogatives? J'incline vers ce dernier avis : la faute involontaire serait si lourde que je n'y puis croire. Ce qu'il y a de certain, c'est qu'ils trompèrent l'attente du corps, où le calme était franchement désiré, en organisant la scène déplorable du 19 novembre 1787. Jamais l'alliance n'avait été plus près de se sceller. L'édit fut apporté par le roi lui-même, dans une séance privée, semblable, avait dit formellement le garde des sceaux, « à celles où Henri IV venait chercher des conseils avec tout l'abandon de la confiance et de la loyauté (2). » Bien qu'il dépassât notablement la mesure convenue, l'acte proposé n'était que faiblement et respectueusement attaqué. D'Eprémesnil, dans le cours d'une discussion brillante, venait d'être sur le point de remporter un magnifique succès oratoire en ramenant le roi, visible-

(1) Sallier, p. 110.
(2) Id. p. 112. Voir aussi, aux pages suivantes, le récit de la séance du 19 novembre, les discours de Robert de Saint-Vincent, de Ferrand, et surtout la remarquable scène de l'effet produit par l'éloquence de d'Eprémesnil.

ment impressionné, à quelques concessions qui eussent tout concilié (1)... « Ah ! si le roi savait ! » s'écriaient, dit-on, autrefois les peuples opprimés, aimant mieux douter de la clairvoyance du souverain que de sa justice... Nous pourrions dire de même : « Si le roi avait su ! » La délibération était terminée, il ne s'agissait plus que de compter les suffrages, et le premier président s'apprêtait à faire ce que l'on appelait la *réduction des avis.* La majorité semblait acquise, sinon à l'enregistrement pur et simple, du moins à une adoption presque complète, qu'un seul mot bienveillant, si le monarque eût été abandonné à son propre mouvement, eût peut-être transformée en un acquiescement entier, tant étaient généreuses les dispositions d'un auditoire ému. On vit à ce moment Lamoignon, dont les traits altérés laissaient lire la crainte d'une défaite, monter vers le trône, parler à voix basse au prince ébranlé... Et la séance, subitement changée en lit de justice, malgré les protestations du duc d'Orléans et la douloureuse surprise témoignée par un mouvement de la compagnie, se termina brusquement par un enregistrement forcé.

Tout était rompu par cet acte d'hostilité inattendu,

_____

(1) « Le roi avoua le lendemain à l'archevêque de Paris qu'il avait été sur le point d'oublier les résolutions de son conseil. » Sallier, p. 127.

inutile, et, disaient d'un commun accord les magistrats, les princes et les pairs réunis, mille fois plus
affligeant qu'un véritable lit de justice. Il eût mieux
valu dissoudre définitivement la Cour par un coup
d'éclat, comme l'avait fait Louis XV, que de la rappeler pour lui faire subir un si gratuit outrage.
Cependant le Parlement, cédant aux conseils de
D'Eprémesnil, et résistant à l'extrème animation de
quelques-uns de ses membres, se borna à déclarer
qu'il n'entendait prendre aucune part à la transcription de l'édit. Le roi se fit apporter l'arrêté, le
supprima, et défendit de le renouveler : la Cour se
soumit provisoirement, se réservant seulement de
faire plus tard, pour le principe, des représentations
au roi sur la forme de la séance du 19 novembre,
« quand on ne craindrait plus de nuire au succès
de l'emprunt ; » mais elle ne crut pas pouvoir accepter de même l'acte de violence qui vint frapper deux
conseillers. Dès le lendemain de la séance royale,
MM. Sabathier et Fréteau, arrêtés à leur domicile,
avaient été transférés aussitôt, le premier, gravement
souffrant, au mont Saint-Michel, le second, dans la
citadelle de Doullens. Tout se réunissait pour donner
à cet enlèvement le caractère le plus irritant. Jusqu'alors, du moins, on s'était borné à envoyer des
lettres d'exil auxquelles personne n'avait jamais
résisté. Cette fois, des agents de la force publique

avaient porté la main sur des magistrats du plus
haut rang, et cela, au sortir d'une séance où, quoi
qu'on en ait dit, il est incontestable qu'ils avaient
parlé sans oublier ce qu'ils devaient au souverain,
et même avec plus de réserve que certains de leurs
collègues. Leurs tendances, il est vrai, plutôt que
leurs actes, étaient ainsi poursuivies ; on connaissait
leurs relations avec le duc d'Orléans. Je ne sais si
les perfides desseins de ce prince avaient trouvé
chez eux quelque complicité ; j'aime mieux croire,
je l'avoue, que d'habiles intrigues, en les attirant,
les avaient trompés eux-mêmes (1) ; mais ils parta-
geaient la disgrâce du duc, qui, le même jour, était
exilé à sa terre de Villers-Cotterets, et dont la
cause, si justement décriée, allait pour un temps
être unie à celle du Parlement.

Quels que fussent, au surplus, les vrais motifs des
rigueurs déployées, aux yeux de tous, le gouvernement punissait des opinions émises au sein de la délibération à la fois libre et secrète d'un corps judiciaire. Il n'était pas possible que les principes violés
ne fussent pas défendus : une députation de la Cour

---

(1) Il en a été certainement ainsi pour M. Fréteau, sur
le compte duquel Sallier s'exprime en ces termes (p. 135):
« Les conseils habituels du duc avaient surtout recherché
Fréteau, homme de mœurs sévères, pour lequel la compagnie
devait particulièrement prendre parti. »

alla solliciter à Versailles la liberté du duc d'Orléans
et des deux conseillers. Le roi répondit sèchement :
« Lorsque j'éloigne de ma personne un prince de
mon sang, mon Parlement doit croire que j'ai de
fortes raisons. J'ai puni deux magistrats dont j'ai dû
être mécontent. »

C'était la formule de l'absolutisme pur. Le Parlement eût néanmoins sagement agi en s'en tenant à la
réclamation une fois faite dans l'intérêt de son indépendance. Il affecta, avec une insistance puérile, de
reproduire , à plusieurs reprises, dans des termes à
peu près identiques, et malgré les ordres du roi, des
remontrances dont il savait l'inutilité. Mais le point
de vue exclusif auquel il s'était d'abord placé ne
tarda pas à s'élargir. Sous l'influence de réflexions
analogues à celles qui l'avaient amené à transformer
une opposition étroite en un appel aux vrais représentants de la nation, ses aperçus se généralisèrent,
et, à propos de la liberté de trois de ses membres, il
comprit que de plus hautes revendications étaient à
faire en faveur de la liberté des citoyens. C'est
alors que plusieurs remontrances vinrent donner un
essor progressif à des principes que les célèbres ca-
hiers allaient proclamer. On y attaqua de front des
choses que nous trouvons odieuses, mais qu'il était
encore, il y a quatre-vingts ans, presque séditieux

de ne pas accepter. La vérité fut éloquemment dite sur les lettres de cachet, et sur la détention sans contrôle, sans publicité, sans accusation déterminée, sans intervention de la justice (1). Le 17 janvier, le roi se fit apporter les minutes, les supprima, et la députation entendit le plus clément des princes, donnant la sanction souveraine au préjugé qu'un souffle allait bientôt déraciner, déclarer indispensable à l'intérêt des familles et à la tranquillité de l'État, l'exercice d'un pouvoir discrétionnaire sur la liberté des hommes !

A peine instruite de cette réponse, la Cour rédigea de nouvelles observations. On ne peut l'accuser de ne les avoir pas mûrement réfléchies : deux mois entiers furent employés par la commission et par l'assemblée générale à les préparer. Ce fut le 11 mars que les chambres réunies adoptèrent une irrésistible réfutation du discours du trône, terminée par ces significatives paroles : « Ce n'est plus un prince de votre sang, ce ne sont plus deux magistrats que votre Parlement redemande au nom des lois et de la raison, ce sont trois Français, ce sont trois hommes ! »

---

(1) Ce n'était pas, du reste, la première fois que le Parlement protestait contre les arrestations arbitraires. Au nombre des propositions faites en la chambre Saint-Louis et rapportées par Mme de Motteville (*Collection Petitot*, t. 37, p. 398), se trouve notamment celle-ci : « Que nulle personne ne puisse être mise en prison que, passé 24 heures, il ne soit interrogé par le Parlement qui, à l'avenir, doit prendre connaissance de la cause pour laquelle il y sera mis. »

Le roi supprima encore cet arrêté, en enjoignant à la Cour de se reposer sur lui dans le silence et le respect : elle désobéit, et fit d'itératives remontrances. Répétons-le ici hautement, elle manqua à son devoir; mais ajoutons : elle n'en eut pas conscience. On croyait alors n'avoir à redouter que les abus de l'autorité absolue, et l'on n'avait pas vu encore quels effroyables excès peuvent être commis, sous le nom de la liberté, par sa plus mortelle ennemie, la tyrannie révolutionnaire. Le premier corps de l'État, sentant qu'il défendait la cause du vrai et du juste, et ne se doutant pas, malgré l'avertissement prophétique donné un jour par le président d'Ormesson, que la société allait aux abîmes, pensa que le danger présent auquel il s'exposait sans trembler, l'exil et la proscription suspendus sur sa tête, rendaient sa désobéissance méritoire, et que la fin justifiait les moyens. Ce fut là son erreur, mais aussi son titre à notre indulgence. Heureux, après tout, ceux qui, dans les temps troublés, ne pèchent, comme lui, que par une passion généreuse !

Le Parlement, d'ailleurs, continuait d'être soutenu par les manifestations qui étaient le plus propres à l'encourager. Les pairs et les Parlements de province s'unissaient à lui. Revenant bientôt sur la résolution qu'il avait annoncée de ne plus parler, jusqu'à nouvel ordre, de la séance du 19 novembre, il reprit son thème sur l'abus d'autorité qui, suivant lui, y avait été commis. Le roi fit, le 17 avril, une réponse où il prononça cette parole tristement célèbre : « La monarchie ne doit pas être une *aristo-cratie* de magistrats. » Ce fut d'une bouche royale que sortit, employée pour la première fois dans un discours officiel, une qualification que le langage révolutionnaire allait s'approprier. La Cour y vit une injure imméritée, et, pour la repousser, entreprit de faire une apologie de sa conduite. Le 30 avril, elle inscrivit dans ses registres une très-remarquable étude sur son rôle historique et sur la situation présente, où elle se défendit, en expliquant tout ce qu'elle avait fait, de l'empiètement dont elle était accusée, mais où elle répliqua par un mot non moins regrettable que celui qui venait de lui être infligé : « Non, Sire, point d'aristocratie; mais point de *despotisme !* »

Le gouvernement résolut d'en finir, et de reprendre, en la complétant, l'œuvre du chancelier Maupeou. Un ensemble de lois mystérieusement préparées allait changer les bases mêmes de l'organisation des Parlements. Quelques magistrats réussirent à pénétrer ce secret. Ils surent en outre qu'aussitôt après la publication des lois nouvelles, le lieu de leurs séances allait être fermé et qu'on les empêcherait de se réunir. La compagnie s'assembla d'urgence, et le

premier président mit en délibération « ce qu'il con-
venait de faire au sujet de l'état où se trouvait la
chose publique, et des malheurs qui paraissaient
menacer la magistrature. »

Là fut rédigé, par la plume de d'Eprémesnil, le
mémorable arrêté du 3 mai 1788, testament du
grand corps qui allait tomber pour ne plus se relever
qu'avec une blessure mortelle, et où le Parlement, *à
l'unanimité,* déposa, dit-il, « la déclaration des
maximes qu'il était chargé de maintenir et des sentiments qu'il ne cesserait de professer. La Cour, y est-
il dit après un complet exposé de principes, déclare
que ces principes sont compris dans le serment de
ses membres... et, dans le cas où la force, en dis-
persant la compagnie, la réduirait à l'impuissance
de maintenir ces règles par elle-même, déclare
qu'elle en remet dès à présent le dépôt inviolable entre les mains du roi, de son auguste famille, des pairs
du royaume, des États généraux, et de chacun des
ordres réunis ou séparés qui forment la nation...
Ordonne que le présent arrêté sera par le procureur
général incontinent envoyé aux bailliages et séné-
chaussées. »

Les ministres avaient, à diverses reprises, voulu
frapper en la personne de d'Eprémesnil l'assemblée
dont il était devenu le conseil le plus influent et le
plus brillant organe. Le roi, qui savait apprécier ce

magistrat, chez lequel d'éminentes qualités rache-
taient les défauts d'une imagination trop vive, avait
constamment refusé d'ordonner son arrestation.
Cette fois il ne résista plus : une lettre de cachet fut
signée, et, afin d'intimider ceux des membres de la
Cour qui pouvaient aspirer à prendre la tête de l'opposition, ordre fut donné d'arrêter aussi l'un des
plus jeunes conseillers des enquêtes, Goislard de
Montsabert, qui, peu de jours auparavant, avait dé-
noncé, à tort ou à raison, mais en des termes peu
mesurés, les procédés des agents du fisc. L'enlèvement devait avoir lieu dans la nuit du 4 au 5. Un
avertissement secret parvint aux deux magistrats,
qui purent s'évader et se réfugier au Palais. Alors
commença cette néfaste journée du 5 mai, dont l'histoire a été faite tant de fois sous l'empire d'opinions
opposées et avec des jugements divers, et dont je ne
veux parler que sur pièces authentiques, c'est-à-dire
d'après les registres mêmes de la Cour, et les récits
de témoins dignes de foi (1).

Dès le matin, les chambres averties s'étaient
assemblées. On prit séance en entourant de l'appa-
reil de la justice les magistrats réfugiés sur les lys et
sous la protection de leurs pairs. A l'émotion causée
par l'événement de la nuit se joignit un incident

(1) V. surtout Sallier, p. 145 et suivantes.

qui, tout d'abord, enleva à la Cour le calme qu'il
fallait garder dans cette situation solennelle. Le dernier arrêté du Parlement avait été, par je ne sais
quel coupable artifice ou quelle inexplicable erreur,
imprimé et colporté avec une variante qui mettait
en jeu la personne du roi en substituant aux mots :
« les entreprises des ministres, » ceux-ci : « les entreprises de Sa Majesté. » Le Parlement ordonna que
l'imprimé serait lacéré et brûlé, « comme contenant
une falsification injurieuse, contraire au respect dû
au roi, et faite à dessein d'imputer à la Cour des
sentiments et des expressions incompatibles avec le
profond dévouement pour la personne sacrée du roi
dont la Cour ne s'écartera jamais et ne cessera de
donner l'exemple aux autres citoyens, à quelque
extrémité qu'elle se trouve réduite. »

Le sentiment qui dictait cette décision était louable : mais on ne sut pas se borner. Contrairement
aux usages, la Cour ordonna que l'arrêté qu'elle venait de rendre fût lu portes ouvertes. Une inconve-
nante manifestation d'un public grossier la punit de
cet oubli. Elle se hâta de rentrer dans la dignité du
huis clos.

Elle était à ce moment au complet. D'Eprémesnil
et Goislard racontèrent la tentative faite pour les
enlever. L'assemblée eut un noble mouvement : « La
Cour, dit son arrêté, met MM. Duval, Goislard et

tous les autres magistrats et citoyens sous la sauve-
garde du roi et de la loi... Arrête que M. le premier président, deux des présidents et quatre conseillers se transporteront sur-le-champ à Versailles, à
l'effet de représenter au roi l'excès des malheurs qui
menacent la nation, et le supplier d'écouter dans sa
sagesse d'autres conseils que ceux qui sont près d'en-
traîner l'autorité légitime et la liberté publique dans
un abîme d'où il deviendrait presque impossible au
zèle des magistrats de les tirer... Arrête que la
Cour attendra sans se déplacer le retour de sa députation. »

La compagnie resta là, gardant son dépôt. Après
ce libre cours donné à des sentiments tumultueux,
un apaisement relatif se fit. Le silence ne fut plus
interrompu que par les rapports faits et les voix
recueillies sur dix-sept affaires purement judiciaires
dont les registres constatent l'expédition. La journée
tout entière s'écoula ainsi.

Pendant ce temps la députation se rendait à Versailles. Elle y arriva à huit heures du soir. Le roi
revenait de la chasse ; quatre heures se passèrent
sans qu'elle pût savoir si elle serait ou non reçue.
Vers minuit, le garde des sceaux fit passer au premier président un écrit par lequel elle était invitée à
s'en retourner à Paris, le souverain ne pouvant en-
freindre les usages en recevant une députation de

son Parlement sans que les gens du roi eussent rempli la formalité de l'annoncer.

A minuit aussi se préparait autour du sanctuaire de la justice l'exécution d'ordres inflexibles. Le Palais était investi par les gardes françaises, puis les abords de la grand'chambre étaient cernés. A peine eut-on le temps d'en faire sortir un auditoire que quelques-uns des exaltés du Parlement auraient voulu conserver comme témoin de ce qui allait se faire et se dire. Le vénérable président de Gourgues, qui remplaçait le premier président, rappela avec élévation ses collègues aux convenances de ce moment suprême, et la Cour, reprenant une attitude digne d'elle, attendit...

Non !... non !... ce qui se passa ensuite ne se justifiera jamais. Les torts du Parlement se lavèrent, plus tard, aux jours de deuil que je vous dirai bientôt, dans le sang de ses plus illustres membres. Mais ils étaient déjà presque effacés par ce qui s'était consommé le 6 mai 1788. J'admire, en vérité, l'indifférence avec laquelle tant de narrateurs ont pu traiter un pareil sujet : il y en a même qui, plus qu'indifférents, se sont tenus pour quittes envers l'histoire après avoir qualifié de représentation théâtrale une scène de majestueuse angoisse. Je sais bien que, sur ce point, nous, magistrats, nous sommes des juges suspects ; mais je fais un

confiant appel à tout esprit qui, sans idée pré-
conçue, méditera sur des faits exactement rapportés.
Je concède, si l'on veut, que le strict devoir des
conseillers poursuivis par un ordre royal pouvait
être alors de s'y soumettre. L'usage autorisait encore les lettres de cachet ; la funeste identification
du pouvoir législatif avec la puissance adminis-
trative donnait à tout acte du souverain, tant
que la Constitution n'était pas changée, le caractère provisoire d'une loi à laquelle il fallait
commencer par obéir, alors surtout qu'il s'agissait,
non pas d'exécuter soi-même l'ordre, mais de le
laisser exécuter. Je conviens de même que, dans les
considérants de l'arrêté pris à ce moment par la
Cour, une formule rédigée avec précipitation et
émotion, et trop semblable à celle que la révolte
devait adopter, généralisait d'une manière dangereuse le principe de la résistance aux ordres que
les citoyens jugent illégaux. Enfin, les circonstances commandaient à la magistrature d'épargner
au pays toute cause d'agitation nouvelle... soit.
Mais comparons les rôles :

D'une part, nous voyons deux membres de la Cour
souveraine, certains de n'avoir pas fait autre chose
que de défendre, en cette qualité, avec une exces-
sive ardeur, les principes essentiels de l'ordre social, et décrétés pour cela, non pas d'accusation,

mais d'une prise de corps qui ne pouvait aboutir
qu'à une séquestration sans jugement... Quand
s'agitait, non la question (ce n'en est pas une), mais
la revendication de la liberté individuelle, fallait-il
que ceux qui avaient le plus travaillé pour cette
cause s'abandonnassent docilement à ses ennemis ?...
Peut-être. Mais, s'ils ont péché, qui leur jettera le
premier la pierre ?

Mais le Parlement n'aurait pas dû intervenir !...
Apparemment, il aurait dû livrer ceux qui s'abri-
taient sous sa responsabilité solidaire ?

Messieurs, le Parlement sentait qu'il y a de ces
instants décisifs où la vérité éclate et où il faut
qu'elle triomphe. Il sentait que l'heure était venue
de distinguer la loi de ce qui n'était que le bon
plaisir. Dans cette extrémité, comment résista-il ?
Il avait encore pour lui des masses qui avaient plusieurs fois pris son parti et qu'il avait lui-même
apaisées. Fit-il appel à leur concours ? Son cri, son
seul cri, s'adressa à la justice du roi. Puis, il résista
par l'immobilité, protestation passive, dernier re-
fuge des consciences blessées par des actes évidemment mauvais, dernier avertissement donné, dernier retard opposé à l'accomplissement d'une
résolution funeste.

Que voyons-nous de l'autre côté? Si le Parlement
était coupable, s'il était simplement dangereux, on

avait le pouvoir législatif pour changer une organisation vicieuse, et dissoudre ou démembrer immédiatement la compagnie. C'est ce qu'on fit ensuite, mais il fallait le faire d'abord, il fallait ne faire que cela. Si des magistrats avaient manqué à leur serment, soit en usurpant des fonctions, soit en outrageant la majesté souveraine, il fallait les mettre en jugement, et attendre du moins, pour saisir leurs personnes, qu'ils fussent sortis de cette enceinte où, tels que nous allons les voir, ils ne se fussent pas eux-mêmes indéfiniment renfermés... Mais, sans nécessité, que dis-je? sans utilité, sans motif sérieux, sans l'excuse du moindre danger présent, à la veille du jour où une mesure légale et collective allait frapper d'impuissance la Cour entière, arracher des magistrats de leur siége, de leur asile!... Ah! qu'on dut regretter plus tard, quand le sang-froid revint, quand les événements eurent parlé, quand enfin un commun malheur rapprocha le Parlement et ses adversaires, l'aveugle ressentiment auquel, tout-puissant, on avait cédé !

Faut-il, messieurs, vous raconter le dénoûment? Il n'est aucun de vous qui n'en ait lu dix fois l'histoire. J'indiquerai rapidement les principaux traits. Le marquis d'Agoult, chargé de l'enlèvement, se présente au nom du roi. Conduit à une place d'honneur, un moment troublé par l'aspect de cette séance de

nuit où des ducs et pairs, des maréchaux de France
et des prélats unissent leurs rangs à ceux de la Cour,
il lit d'une voix altérée l'ordre dont il est porteur.
Le président répond : « La Cour va en délibérer. —
Vos formes sont de délibérer, réplique l'officier ; je
ne connais pas ces formes-là ; les ordres ne souffrent
pas de délai, il faut que je les exécute. » Il somme le
président de lui livrer les deux conseillers. M. de
Gourgues répond par un geste de mépris. « Signez du
moins un refus ! — Je n'ai, dit le président, de réponse à donner ici qu'au nom du Parlement, quand
il aura délibéré ; au surplus, l'ordre du roi n'est
adressé qu'à celui qui l'apporte ; c'est à vous à l'exécuter comme vous le jugerez à propos. — Veuillez
alors, poursuit d'Agoult, me désigner ces deux messieurs. » A ce moment, une voix, qui devient immédiatement celle du Parlement entier, s'écrie : « Nous
sommes tous MM. d'Eprémesnil et Goislard ! » Puis
un silence, que rompt seule la vaine insistance de
l'officier. Celui-ci se retire enfin, en déclarant qu'il
va en référer à ses chefs et attendre les ordres du roi.
Une heure s'écoule, pendant laquelle la députation
revient de son triste voyage, et le premier président
se remet à la tête de la Cour. On décide que, pour
obéir aux rigueurs inexorables de l'étiquette pré-
textée, les gens du roi iront à Versailles ; mais ils
sont prisonniers dans leur parquet. La nuit s'achève,

la matinée s'avance; l'assemblée siége toujours; les
magistrats, épuisés par une veille douloureuse, ne
peuvent quitter un instant la salle que sous l'es-
corte des gardes. Le ministère a délibéré : il peut encore éviter un malheur irréparable. Il persiste : l'ordre est donné d'exécuter à main armée, s'il le faut, la
lettre de cachet. A onze heures du matin, d'Agoult
revient, adresse une sommation spéciale à d'Eprémesnil, puis, appelant un des agents, dits officiers
de robe courte, qui faisaient le service du Palais, lui
ordonne de désigner le magistrat interpellé. L'agent,
ne pouvant se résoudre à ce qui pour lui est comme
une trahison, se sacrifie à ce sentiment honorable, et
déclare ne pas voir M. le conseiller. D'Agoult sort
pour aller chercher un plus docile auxiliaire. Mais
l'acte généreux d'un subalterne a vivement touché
d'Eprémesnil. La résistance, d'ailleurs, a assez duré
pour la dignité du Parlement; l'honneur veut maintenant qu'un sort inévitable soit subi avec fermeté;
le magistrat, la compagnie elle-même, sont exposés
à des violences que tout commande de prévenir. D'E-
prémesnil fait rappeler l'officier, se nomme et dit :
« Je veux épargner à la Cour et à moi-même ce qui
nous est préparé. Je déclare que je prends vos paroles
pour violence à ma personne, et je vous suis. » Puis
il adresse en quelques mots au Parlement un émouvant adieu, embrasse les collègues qui l'entourent,

et s'éloigne : une voiture l'emporte aux îles d'Hyères.
On dit qu'un jeune sous-lieutenant des gardes
françaises entre les mains duquel il fut remis au
sortir de la grand'chambre, succombant à l'impression sous laquelle le prisonnier ne faiblissait pas,
tomba évanoui à ses pieds. D'Agoult revint, somma
Goislard, qui suivit l'exemple de son aîné, et que l'on
dirigea sur le château de Pierre-Encise. L'assemblée
recouvra sa liberté. La séance avait duré trente
heures.

Avant de se séparer, le Parlement désigna des
commissaires pour rédiger une protestation, et le
procureur général fut chargé de signaler au roi
la manière dont ses ordres avaient été exécutés.
Les magistrats du parquet ne purent parvenir jusqu'au prince, et le 7, tandis que la Cour était réu-
nie pour délibérer sur le travail de sa commission,
l'ordre lui fut apporté de se rendre le lendemain à
Versailles.

Elle n'était appelée que pour entendre prononcer
sa condamnation. Dans ce lit de justice furent pro-
mulguées six ordonnances qui modifiaient profondément l'organisation judiciaire et le procédé d'enregistrement des lois. Rendons ici hommage aux utiles,
aux nécessaires réformes qu'elles réalisaient. La juridiction trop étendue des Parlements quant à la compétence territoriale et à la compétence *ratione mate-*

riæ était restreinte, tant au civil qu'au criminel, par la création de grands bailliages dans les principales villes de province. Le personnel des Parlements était, en conséquence, réduit à une grand'chambre et à une chambre des enquêtes. Les tribunaux d'exception étaient supprimés. En matière criminelle, plusieurs dispositions adoucissaient la procédure, garantissaient la défense des accusés, et obligaient les juges à préciser nettement les accusations et à motiver les arrêts. Mais, à côté de mesures excellentes, il il y en avait d'inopportunes et même d'absolument mauvaises. Il y en avait une surtout qui, en prétendant obvier aux conflits relatifs à la vérification des lois, non-seulement ne remédiait à rien, mais créait un nouveau danger. Sous le titre de *rétablissement* d'une Cour plénière, qui cependant n'avait jamais existé en France avec de semblables attributions, on instituait, pour l'enregistrement des actes législatifs, un corps unique, composé de personnages désignés par le roi. Ce système n'était qu'un pas de plus vers l'absolutisme (1).

Les édits furent enregistrés d'autorité, après quoi les magistrats furent congédiés avec défense de s'as-

---

(1) Voir le procès-verbal du lit de justice, le texte de tous es discours, et celui des édits dans l'*introduction* au *Moniteur é imprimé*, pages 294 et suivantes.

sembler jusqu'à nouvel ordre. On invita seulement la grand'chambre, qui devait faire partie de la Cour plénière, à rester à Versailles pour assister à une prétendue ouverture de cette Cour. Ses membres obéirent passivement, en écrivant au roi qu'ils ne pouvaient accepter aucune des fonctions établies par les nouvelles ordonnances.

Le Parlement essaya de se réunir. Mais le Palais était encore une fois investi par les gardes. Les chambres se rassemblèrent séparément dans des hôtels particuliers, et tous les magistrats, sans exception, y compris les gens du roi, signèrent une protestation. Des ordonnances spéciales classaient les membres de la compagnie en « conservés » et « non conservés. » Les premiers déclarèrent unanimement qu'ils ne siégeraient que pour remplir leur devoir envers les justiciables, mais qu'ils ne cesseraient de réclamer contre l'atteinte portée, disaient-ils, à l'inamovibilité de leurs collègues. Plusieurs pairs écrivirent au roi pour refuser toute participation aux travaux de la Cour plénière.

Les ministres avaient dit au souverain que cette résistance ne durerait pas. On employa plusieurs moyens de persuasion pour détacher un certain nombre de magistrats de l'alliance qui venait de se former. Tous ces efforts furent impuissants. A Paris se produisirent les mêmes manifestations que lors de l'exil de Troyes. Le Châtelet, malgré l'importance nouvelle que lui donnaient les édits, déclara qu'il ne les enregistrerait pas. Les avocats refusèrent de paraître à l'audience. Les procureurs, à qui le garde des sceaux enjoignit de plaider, se firent donner par les parties des lettres exigeant le ministère du barreau. En province on ne réussissait pas à organiser les grands bailliages. L'anarchie était à son comble dans l'ordre judiciaire.

Elle n'était pas moindre dans l'ordre politique. L'agitation se traduisit dans certaines villes parlementaires par les troubles les plus graves. La noblesse signait partout des représentations et soutenait même de son épée le parti des Parlements, en s'appuyant sur les traités où avaient été réglées les conditions de la réunion des diverses provinces à la couronne. Le ministère ne vit de salut que dans un changement de tactique consistant à soulever contre une cause à laquelle s'associaient les ordres privilégiés, le tiers-état, qui jusqu'alors y avait été sympathique. Le 15 juillet, un arrêt du conseil, accordant inopinément ce que le Parlement n'avait pu obtenir, annonça la convocation des États généraux pour le mois de mai suivant, et invita les corps et les particuliers à présenter leurs avis sur le mode de constitution de cette assemblée.

Un mouvement prodigieux d'opinions se fit aussitôt. Le gouvernement, prévoyant que le Parlement, dépassé dans ses vues, resterait en arrière et perdrait toute influence, crut pouvoir revenir graduellement sur quelques-unes des mesures irréalisables annoncées au lit de justice du 8 mai. Le 8 août, trois mois exactement après son institution solennelle, la Cour plénière fut supprimée sans avoir fonctionné. Bientôt, l'affreuse détresse du trésor réduisait Brienne, malgré son mot de fanfaronnade cruelle : « J'ai tout prévu, même la guerre civile, » à demander lui-même le rappel de Necker. Celui-ci revenait en exigeant le renvoi du principal ministre, bientôt suivi du remplacement du garde des sceaux. Dès le lendemain du jour où Barentin, premier président de la Cour des aides, avait succédé à Lamoignon, les édits du 8 mai étaient révoqués, le Parlement remis encore une fois en possession de toutes ses fonctions, la liberté rendue aux magistrats prisonniers...

Mais on ne faisait ainsi qu'entrer dans la période où, après avoir essayé de toutes les armes, on allait, avec succès, employer contre le Parlement celle du dédain. Necker complétait à cet égard la dernière politique de ses prédécesseurs. Ce fut à la fois le point extrême et la fin de la popularité de la compagnie. La Cour affecta de reprendre, sans séance de réinstallation, ses travaux comme s'ils n'eussent jamais été

interrompus, et d'éluder comme inutile l'enregistrement de l'édit qui la reconstituait. Mais, de même
qu'au retour de Troyes, des manifestations, commen-
cées par les feux de joie de la *basoche*, aux abords du
Palais, devinrent immédiatement des soulèvements.
Après avoir brûlé en effigie les ministres disgraciés,
la foule voulut brûler leurs hôtels. La force publique
dut intervenir. Le Parlement évoqua l'instruction
relative à ces troubles, et, s'illusionnant sur sa puissance comme sur les nécessités des temps d'émeutes,
eut l'imprudence de blâmer les déploiements de
troupes et l'usage des armes. En même temps il mettait en accusation Lamoignon et Brienne. La compagnie y gagna une prolongation trompeuse de la faveur
populaire, mais elle y perdit de son vrai prestige, et
bientôt le revirement prévu et préparé par le ministère se produisit.

Il eut lieu à propos du mode de convocation et de
constitution de ces Etats généraux tant demandés.
Le Parlement, esclave des règlements anciens, émit
l'avis qu'il fallait observer ce qui s'était fait cent
soixante-quinze ans auparavant, en 1614, lors de la
dernière convocation. Comme toujours, ses arrêtés
contenaient à la fois certaines théories surannées et
des considérations vraies et utiles (1). Mais on ne

(1) Il établissait notamment que la célèbre discussion sur

songeait plus qu'à se combattre, et les parties n'a-
vaient plus le loisir de se rendre réciproquement justice. Quand un pays entre en effervescence, un petit
nombre d'idées principales préoccupent seules les esprits. Paraît-il un drapeau sur lequel soit inscrit le
mot convenu pour exprimer, bien ou mal, une de ces
choses? on le suit ou on l'attaque, quel qu'il soit souvent, et sans songer où peuvent conduire certaines
alliances et certaines hostilités de parti pris. Ainsi
arriva-t-il à l'égard du Parlement. Il avait adopté
la formule : « Comme en 1614 ; » dès lors, il était
jugé. On oublia tout ce qu'il avait fait et souffert ;
on oublia que, dans sa réunion du 5 décembre, les
pairs y séant, et sur les instances de d'Eprémesnil, à
peine revenu du lieu de sa déportation, le Parlement, interprétant lui-même les termes trop absolus
de ses précédents arrêtés, avait déclaré « s'en rap-
porter à la sagesse du roi sur les mesures à prendre
pour parvenir aux modifications que la raison, la liberté, la justice et le vœu général pouvaient indi-
quer. » On oublia surtout que, dans la même séance,
il avait formellement demandé le retour périodique
des assemblées représentatives, la responsabilité des

---

les innovations à introduire dans la représentation du tiers
état reposait en partie sur un malentendu et sur des renseigne-
ments historiques erronés. V. Sallier et Necker lui-même.
(*Necker*, *Révolution française*, p. 96 et suivantes ; édition de
l'an V.)

ministres, la liberté individuelle, la liberté de la
presse, sauf répression en cas de délit, la suppression
de tous les impôts distinctifs des ordres, l'égale ré-
partition des subsides..., car il a demandé tout cela !
et, malgré les efforts tentés une dernière fois par Malesherbes qui ne craignait pas d'accuser nettement la
duplicité du ministère, il n'a obtenu du roi que ces
paroles glaciales : « Je n'ai rien à répondre à mon
Parlement. »

Le gouvernement le laissa parler et agir, réclamer
contre les abus financiers, attaquer l'agiotage, les
loteries et les maisons de jeu, desquels le public ne
s'occupait guère, condamner chaque jour, avec une
solennité dont on se riait de toutes parts, les écrits
incendiaires ou immoraux qui passionnaient la popu-
lation ; on le laissa se compromettre par une intervention malheureuse dans l'approvisionnement de la
capitale affamée ; on laissa passer, sans paraître y
prendre garde, une série de sages observations, rédi-
gées sous la trop courte première présidence du président d'Ormesson, qui avait succédé à M. d'Aligre.
On voulait, en un mot, qu'il usât son activité et son
crédit, et l'on y réussit. On n'y réussit que trop.

La haute direction de la Cour venait de passer aux
mains d'un magistrat particulièrement vénérable et
distingué. Le président Bochart de Saron avait prêté
ce beau serment qu'il devait tenir jusqu'à l'échafaud,

« de bien et fidèlement servir le roi et exercer sa charge, rendre la justice au pauvre comme au riche, tenir les délibérations de la Cour closes et secrètes, garder les ordonnances, et, en tout, se comporter comme un bon, sage, vertueux et notable premier président doit le faire. » (1) C'était à lui qu'était réservée la douleur de voir mourir, mourir sans gloire, sa chère compagnie, et de lui survivre. Les États généraux s'étaient enfin réunis, pour se transformer aussitôt en Assemblée nationale, sous l'action d'ardeurs impatientes surexcitées par d'aveugles obstinations. La France attendait, partagée entre les dévorantes émotions et les espérances généreuses d'une révolution déjà accomplie. Le Parlement attendait comme elle, et s'abstenait, autant par le sentiment de son anéantissement moral que par la force des circonstances qui centralisait tout entre les mains d'une représentation omnipotente et ombrageuse. Quelques-uns de ses membres jouaient comme députés des rôles divers, dont les extrêmes se personnifiaient en Duport et D'Eprémesnil. Le premier, plus Américain que Français, poursuivant les rêves de sa jeunesse, franchissait rapidement les trop faciles degrés qui, de l'opposition passionnée, condui-

---

(1) Procès-verbal du 6 février 1789. Registres du Parlement, Carton 8990.

sent à la révolte. Le second, repentant, outre mesure peut-être, de sa résistance amie, et s'imputant,
dans son âme délicate, les maux dont il n'était que
l'un des moindres auteurs, se renfermait dans une
réaction qui honorait l'homme en diminuant le per-
sonnage politique... Mais le Parlement ne se réunissait plus que pour juger. Les archives du Conseil
secret sont muettes à partir du mois d'avril 1789
qui avait vu l'insurrection triomphante sur les ruines
de la maison Réveillon ; elles ont à peine gardé la
trace de l'enquête que le Parlement avait ordonnée
contre les auteurs de ce soulèvement, et qui fut
immédiatement suspendue par ordre supérieur. Ces
registres, que couvraient naguère des délibérations
quotidiennes, ne présentent, dans l'espace de deux
mois, qu'un seul procès-verbal : c'est, à la date du
9 juin, celui de l'assistance de la Cour au convoi funèbre de ce dauphin de France sur lequel tant de lar-
mes n'eussent pas coulé à Versailles si l'ombre du Tem-
ple avait pu apparaître dans les nuages de l'avenir.

Les événements qui accompagnent la prise de la
Bastille motivent, le 16 juillet, une réunion nouvelle.
Le procès-verbal des séances publiques venait de
constater que l'audience n'avait pu être ouverte
faute d'avocats. Les chambres sont convoquées d'urgence; mais au lieu des cent et quelques membres
qui composaient d'ordinaire les assemblées géné-

rales, la feuille mentionne que vingt-neuf magistrats ont pu seuls se rendre à cet appel. Il ne s'agit, du reste, que de voter une adresse au roi. Triste adresse! Le prince, sur la demande de l'Assemblée nationale, a consenti à l'éloignement des troupes, dont la présence, disait-on, irritait le peuple et menaçait la liberté : on va l'en féliciter. Chacun sent qu'il ne s'agit plus d'un mouvement passager des factions comme ceux dans lesquels le Parlement s'est autrefois énergiquement montré. La révolution est là. Cette Cour, qu'on a appelée une aristocratie, prend, au moment où triomphe la démagogie qu'elle déteste, un arrêté pour remercier le monarque « des preuves qu'il vient de donner de son amour pour ses peuples et de sa confiance dans leurs représentants, dont le zèle et le patriotisme ont contribué à ramener la tranquillité publique! » Le roi vient le 17 à Paris et y passe une journée pour aider par sa présence au rétablissement du calme. Cette fois, du moins, il y a lieu de le féliciter d'un acte vraiment royal. Un arrêté du 20 exprime de nouveau, dans des termes où l'emphase déguise mal la contrainte, l'adhésion de la magistrature à ce que font le prince et l'Assemblée. Mais tout vient montrer à la Cour qu'elle eût mieux fait de ne pas sortir de son silence. Personne ne lui sait plus gré de manifestations qu'elle croit utiles à la paix et qu'on traite hautement de pusillanimes.

Il m'en coûte, messieurs, de vous donner ces détails; mais je le dois à la vérité historique, et nous en tirerons ensemble cette conclusion que, dans les épreuves de la patrie, on ne saurait jamais tenir trop haut son cœur, qu'il y a un degré d'abnégation de son caractère auquel il ne faut pas descendre, et qu'on ne gagne rien, ni pour soi, ni pour le pays, à n'être pas toujours soi-même.

Le Parlement avait cru bien faire en décidant que le premier président ferait part de l'arrêté du 16 juillet à l'Assemblée nationale. L'avis fut donné par une simple lettre. L'Assemblée s'indigna de ce que le Parlement se permît de traiter ainsi d'autorité à autorité. Quelques-uns des députés magistrats essayèrent d'excuser la compagnie en reconnaissant le tort de son chef, et quand, le 20 juillet, le second arrêté fut délibéré, on y inséra ceci : « Le premier président se retirera par-devant l'Assemblée nationale, en lui exprimant le respect dont la Cour est pénétrée pour les représentants de la nation dont les travaux éclairés vont assurer à jamais le bonheur de la France, » et le premier président alla, debout et découvert, de même que les premiers présidents des comptes et des aides, présenter à l'Assemblée d'humbles hommages (1).

_____

(1) V. les Mémoires de Bailly, et le _Moniteur_.

Les archives continuent, pendant le reste de l'année judiciaire, durant cette période dont presque tous les jours sont devenus des éphémérides, à ne mentionner que l'enregistrement pur et simple de tout ce qu'il a plu au roi d'envoyer au Parlement.

Avec septembre, commencèrent pour la Cour des vacances qni ne devaient plus finir. La chambre des vacations jugeait et enregistrait sans bruit. Dans l'ordre judiciaire, la justice prévôtale conservait seule désormais quelque importance en s'occupant des faits relatifs à la paix publique. Elle fut bientôt désarmée elle-même par une ordonnance du roi qui, sous le nom de *sursis général,* assurait l'impunité aux séditieux.

Octobre arriva. L'insurrection apprit le chemin des demeures royales. A la suite de l'invasion du palais de Versailles, un cortége sanglant avait ramené à Paris la famille souveraine un instant acclamée. Le 9 octobre, la compagnie est convoquée à une assemblée extraordinaire. Quelle réunion dans cette grand'chambre qui avait vu la Cour des pairs ! Trois présidents, dix conseillers, treize membres des enquêtes et requêtes, et trois officiers du parquet. La Cour décide qu'elle se transportera aux Tuileries. Ce ne sont plus des félicitations qu'elle va présenter au monarque : elle offre « les vœux du Parlement pour l'entière restauration du calme et de la félicité publique, unique objet des soins de la bonté paternelle du prince, et le respectueux hommage de sa reconnaissance et de sa fidélité. » Le roi, que n'assistent plus de funestes conseillers, répond avec simplicité et effusion.

Le temps réglementaire des vacations s'achevait sans incidents. La chambre avait enregistré, entre autres actes, les lettres patentes du 14 octobre, sanctionnant les décrets de l'Assemblée nationale sur la réformation de la juridiction criminelle, et une velléité d'observations s'était à l'instant même évanouie quand le substitut du procureur général avait dit que le moindre retard pourrait troubler la tranquillité du roi. Enfin, on touchait à l'époque de la rentrée. L'Assemblée jugea que l'heure était venue, quoiqu'on ne fût pas prêt à discuter la nouvelle organisation judiciaire, et qu'il fallait avant tout empêcher le Parlement de *chanter* encore une fois, comme il s'en flattait, disait-on, la *messe rouge*. Tandis qu'Alexandre Lameth se préparait, avec Mirabeau et Duport, au débat qu'on allait soulever, un premier acte, du 21 octobre, prorogea les vacations jusqu'au 10 novembre. Il fut enregistré sans commentaires. Le 3 novembre, enfin, fut rendu, à la presque unanimité, le décret portant que les Cours du royaume continueraient à rester à l'état de vacations jusqu'à l'établissement d'un nouvel ordre judiciaire.

Dès ce moment, les Parlements avaient vécu : Lameth, en sortant de l'Assemblée, put, au nom de
ceux qui, venant de vaincre sans peine, se réjouis-
saient sans générosité, pousser ce cri : « Nous les
avons enterrés tout vivants ! »

Les chambres maintenues dans des fonctions pro-
visoires sentirent le coup porté aux compagnies dont
elles n'étaient plus qu'un informe débris. Quelques-
unes, en le recevant, relevèrent la tête; la plupart
s'inclinèrent. Celle de Paris songea à résister, Mgr
de Cicé, garde des sceaux, se hâta de faire appeler le
président Le Peletier de Rosanbo, qui répondit
d'abord à ses observations que le Parlement ne s'était
jamais laissé détourner de ses devoirs par la crainte.
Le ministre parla de la situation du roi, évoqua le
souvenir des journées d'octobre... La chambre se
soumit et se borna à rédiger, le 5 novembre, une
protestation digne et calme que signèrent le président
et les treize conseillers présents. M. de Rosanbo demeura dépositaire de cette pièce, destinée à demeurer
secrète en attendant de meilleurs jours qu'au fond
personne n'osait plus espérer.

L'influence à laquelle avait cédé la chambre de
Paris ne put s'exercer sur celles de Rouen, de Metz
et de Rennes, qui protestèrent avec plus ou moins
d'énergie. Le résultat de ces manifestations fut de
nature à consoler les magistrats parisiens de ce qu'ils

se reprochaient peut-être comme une faiblesse. Désavouées par le ministre et par le roi, les compagnies furent mandées en des termes violents à la barre de l'Assemblée. Celles de Metz et de Rouen n'échappèrent que difficilement, malgré une rétractation éclatante, à des mesures rigoureuses. Quant aux signataires de la délibération qui, à Rennes, avait formellement refusé l'enregistrement du décret, ils furent, sur un discours foudroyant de Mirabeau, et malgré les efforts de d'Eprémesnil, déclarés inhabiles à exercer aucune fonction de citoyens actifs, jusqu'à ce que, sur leur requête présentée au Corps législatif, ils fussent admis à prêter un serment civique.

De tout ce qui avait été délibéré par la chambre des vacations du Parlement de Paris dans la séance du 5 novembre 1789, une seule chose figure au procès-verbal : c'est l'arrêté par lequel la Cour décide « qu'elle rendra désormais gratuitement la justice aux sujets du roi, en redoublant de zèle et d'efforts pour que le cours n'en soit pas interrompu (1). »

J'ai dit que le Parlement était tombé sans gloire...

----

(1) Comment ne pas rappeler à ce sujet, pour faire ressortir davantage le désintéressement des magistrats, les énormes *indemnités* demandées par les ministres dont Necker avait exigé le remplacement, et les étranges justifications essayées en faveur de l'un d'eux par son ami le baron de Bezenval? (Sallier, première partie, p. 200 et 204; Bezenval, t. III, p. 374.)

Avais-je donc oublié ce trait? Oui, ce fut une gloire
pour les magistrats de sa dernière chambre d'être
restés, dépouillés de tous leurs priviléges, et se dé-
pouillant eux-mêmes de tout ce qui pouvait indem-
niser leurs durs labeurs, au poste d'où ils savaient
que l'on ne tarderait pas à les chasser. Rien à ga-
gner, tout à craindre, tel était le sort auquel ils se
condamnaient sciemment, se dévouant pour la justice à laquelle ils avaient consacré leur vie, et pour
le prince auquel ils pouvaient encore être utiles. S'ils
eussent, par une démission qu'ils étaient libres de
donner, obéi alors aux répugnances les plus légi-
times, et à l'intérêt manifeste de leur repos et de leur
sécurité, qui eût pu songer à les blâmer? Ils firent
mieux, non selon le monde, mais selon leur conscience. Durant une année entière, ils affrontèrent, au
bruit de l'émeute grossissante, les périls d'une situation officielle, les calomnies de leurs ennemis, les
fatigues de l'audience, les ennuis des affaires, les in-
quiétudes du foyer domestique. Qui nous dira les
mouvements de leurs âmes tandis qu'elles mûrissaient
ainsi pour la mort? Personne ne leur était reconnaissant de cette persévérance que récompensa seulement
à la fin une mention honorable délivrée à leur *civisme*
par l'Assemblée nationale, le 6 septembre 1790, et
elle devait leur coûter la vie!...

Pendant les dix premiers mois de 1790, la Cour

(c'était son nom encore), vit inscrire sur ses registres, devenus depuis longtemps un inerte instrument
de promulgation, les lois qui brisèrent successivement tout ce qu'aimaient et respectaient les magistrats. Une seule fois, on délibéra en conseil secret.
Il s'agissait de décider si l'on répondrait à l'invitation
de la commune de Paris, en se rendant, suivant l'u-
sage, à la cérémonie commémorative de l'entrée
d'Henri IV dans sa capitale reconquise. L'occasion
paraissait belle pour se rattacher à des traditions vé-
nérées, et Bailly lui-même avait dit dans sa lettre :
« Cet événement est d'autant plus précieux que nous
lui devons le bonheur d'avoir aujourd'hui pour roi
l'un des descendants d'Henri IV et le digne héritier
de ses vertus. » La Cour résolut de s'abstenir, « es-
pérant, dit l'arrêté, que le roi trouvera bon qu'elle
croie ne devoir pas se distraire du seul objet pour
lequel elle a été continuée. » On décida de même
qu'on n'assisterait pas à la procession du 15 août.

Deux mois après, tout fut consommé. L'Assemblée
nationale avait enfin rendu ses décrets sur la nouvelle organisation judiciaire. Le jeudi 14 octobre,
la Cour enregistre sa sentence de mort. Pas un
mot de plus sur le registre, qui finit là. Je me
trompe : il y a sur la même feuille une liste d'honneur ; c'est celle des membres qui ont siégé à
cette séance funèbre, et desquels on peut dire, dans

toute la force du magnifique mot latin où l'idée de la vie se confond avec celle du devoir : *defuncti sunt* (1).

Mais les magistrats pensèrent qu'il y avait un co-dicille à ajouter au testament de la compagnie, et qu'ils étaient plus obligés que jamais de rédiger une protestation secrète, au moment où ils allaient être irrévocablement dispersés. Peut-être même n'avaient-ils accepté la longue épreuve qu'ils venaient de s'im-poser que pour pouvoir accomplir, quand l'heure en serait venue, cette fonction suprême au nom du Parlement, dont ils se sentaient les représentants responsables. Il signèrent tous, au nombre de dix-sept, à la date du 14 octobre, deux écrits, dont l'un était le texte de la protestation, l'autre une éloquente adresse au roi.

Que n'ai-je le temps de vous les lire, ces écrits (2)? Rien d'étroit n'y dépare l'expression des sentiments

---

(1) C'étaient MM. Le Peletier de Rosanbo, président, Du-port (père du député), Frédy, Dupuis, Nouet, Pasquier (père du chancelier duc Pasquier), Amelot, Lambert, l'Escalopier, Dou-tremont, Camus de la Guibourgère, Constance, Lenoir, Sahu-guet-d'Espagnac, Salomon, Agard de Maupas, Fagnier de Mardeuil. — Plusieurs autres membres du Parlement, ayant eu connaissance des protestations, y adhérèrent. On cite MM. Rolland, Bourrée de Corberon, présidents aux enquêtes, Ferrand, de Barrême, Oursin de Bure, Bouchard, Rouhette, conseillers.

(2) V. Mortimer-Ternaux, *Histoire de la Terreur*, notes du premier volume.

de leurs auteurs. Ils ne s'appliquent pas seulement à l'acte qui détruit radicalement l'ancienne magistrature, et qui, en haine des inégalités hiérarchiques, anéantit en réalité le droit d'appel. Je dirai même que cette préoccupation, qui pourrait sembler trop intéressée, ne paraît là que comme un simple détail. Mais on y déplore les maux du royaume, la brusque et illégale concentration des pouvoirs entre les mains d'une assemblée convoquée pour délibérer des impôts, et la violence des procédés qui, en extirpant les abus, ont atteint les fondements même de l'édifice social. La Cour y désavoue le rôle passif auquel elle s'est laissé réduire pour ne pas aggraver les dangers qui menaçaient le souverain et l'ordre public. Prévoyant les excès qui vont être commis, elle exprime cependant son espoir que la nation, « impétueuse, dit-elle, mais sensible, extrême dans ses écarts comme dans ses affections, » rentrera sous les lois d'un gouvernement régulier.

Le président de Rosanbo fut constitué gardien de ces dispositions dernières comme il l'avait été de la première protestation, et puis les magistrats se séparèrent pour ne plus se réunir que dans les prisons et au pied de l'échafaud.

Tous les autres Parlements se soumirent sans réserves. Seul, celui de Toulouse osa protester, et le fit publiquement. L'Assemblée nationale ordonna

que les signataires de la délibération seraient traduits
devant le tribunal qui devait être incessamment
formé pour connaître des crimes de « lèse-nation, »
et que le roi serait *supplié* de donner les ordres nécessaires pour que l'on s'assurât de leurs personnes. Ce
décret demeura alors sans suite ; ce fut le régime de
la Convention qui se chargea de l'exécuter. Je devais
messieurs, cette mention aux magistrats toulousains,
non-seulement à cause de leur remarquable mais
inutile et téméraire courage, mais parce que leur
sort va s'unir à celui des magistrats de Paris.

Franchissons maintenant les trois années qui nous
séparent du règne de la Terreur. La plupart des membres de la compagnie ont cherché à l'étranger ou
dans des résidences obscures un asile contre les fu-
reurs qui les menacent. Deux d'entre eux, deux seu-
ment, un président et un avocat général, ont suivi
dans des voies sanglantes la minorité par laquelle
la France se laisse opprimer. L'un a expié par une
mort violente le vote que la crainte plutôt que la
passion a arraché de ses lèvres, trois jours avant le
21 janvier ; l'autre, après avoir mis les plus heureux
dons aux service d'une horrible cause, va périr
comme Danton et avec lui. 1794 est commencé. Le
Tribunal révolutionnaire n'a encore fait que deux
victimes dans les rangs de l'ancien Parlement : le
président Gilbert de Voisins, mis hors la loi

comme émigré, et le conseiller d'honneur de La-
verdy, tombé sous l'absurde accusation d'avoir détruit des grains dans ses étangs. Mais plusieurs autres magistrats sont détenus comme suspects. Fouquier-Tinville, l'ex-procureur au Châtelet, les réserve pour quelque solennelle exécution. On parle de
faire un vaste procès de parlementaires; ceux des magistrats de Toulouse qu'on a pu atteindre sont dans
les prisons de la capitale ou vont y arriver pour
subir la peine de leur protestation de 1790. Pourra-
t-on lier à cette affaire celle des magistrats de Paris?
Tout à coup le comité révolutionnaire de la section
du Faubourg-Montmartre apprend, par la trahison
d'un serviteur, l'existence, à l'hôtel de M. de Rosanbo, de pièces soigneusement cachées et portant
une suscription qui en révèle l'importance. On se
transporte au lieu désigné et on y découvre un paquet cacheté sur lequel la main du président avait
écrit : « En cas de mort, je prie madame de Rosanbo
de vouloir bien remettre ce paquet, tel qu'il est, entre
les mains de M. de Saron, ou de MM. de Gourgues,
Gilbert, d'Ormesson, de Champlâtreux, pour que
celui de ces messieurs qui se trouvera à cette époque
le plus ancien président du Parlement en fasse l'ouverture et se charge des pièces. » Là étaient les protestations, ignorées jusqu'alors, qui allaient fournir l'arme
désirée. Le comité de sûreté générale s'empressa

d'ordonner la mise en jugement des signataires de ces pièces et de quelques membres du Parlement qui y avaient ajouté leur adhésion, comme prévenus, dit l'arrêté, « d'avoir signé ou adhéré à des protestations tendant à méconnaître la liberté et la souveraineté du peuple, à calomnier la représentation nationale, et à ramener le règne de la tyrannie. »

Un certain nombre des magistrats désignés dans cet ordre étaient déjà dans les prisons. Des mandats furent décernés contre les autres. M. de Rosanbo s'était retiré depuis quelque temps au château de Malesherbes, auprès de son beau-père qui, après avoir défendu Louis XVI, s'était peut-être fait l'illusion de croire qu'on respecterait en sa personne le type de la vertu et de la fidélité. Animés tous deux d'un libéralisme dont M. de Rosanbo avait plusieurs fois donné la preuve dans les discussions du Parlement, ils n'avaient jamais songé à s'enfuir, et ne s'occupaient plus que de combler de bienfaits les habitants des environs. La famille entière fut arrêtée, malgré les supplications de toute la commuue et les démarches de la municipalité elle-même.

Les magistrats mis en accusation furent enfermés à la Conciergerie. Malesherbes, sa fille, Mme de Rosanbo, M. et Mme de Chateaubriand, gendre et fille de M. et de Mme de Rosanbo, et deux autres enfants de ces derniers, furent déposés à Port-Royal, transformé en prison de Port-Libre. Ce fut de là que, s'oubliant lui-même comme il l'avait fait toute sa vie, Malesherbes envoya à l'accusateur public un mémoire où il présentait en faveur de son gendre une défense qui eût été victorieuse si quelque chose eût pu sauver les nobles proscrits.

L'inculpation n'avait pas même une apparence de fondement : les protestations avaient été faites contre les actes d'un régime, encore royal, auquel deux autres formes de gouvernement avaient succédé. Eussent-elles constitué un fait punissable, la célèbre amnistie de 1791, qui avait assuré l'impunité à tant de grands criminels, effaçait le délit. Mais qu'importait-il aux hommes qui, sûrs d'avance de la docilité de leurs jurés, avaient à peine besoin de prétextes ? Fouquier-Tinville « classa » le mémoire et n'y vit qu'une charge de plus à invoquer contre l'illustre octogénaire qui l'avait composé. Il joignit aussi à ce dossier dérisoire de touchants, de ravissants billets, adressés par Mme de Rosanbo et par ses trois enfants à l'époux et au père que ces témoignages de tendresse, saisis par des geôliers, n'allèrent pas même consoler.

Les magistrats répondirent avec fermeté et simplicité au soi-disant juge qui, le 29 germinal, leur fit subir l'interrogatoire de forme. Le surlendemain,

jour de Pâques, 1er floréal an II (20 avril 1794), la
salle de l'Egalité, l'ancienne chambre Saint-Louis
où siége aujourd'hui l'une des sections de la Cour
suprême, voyait comparaître ces victimes de choix.
Vingt-cinq magistrats, dont seize du Parlement de
Paris, sept de Toulouse et deux de la Cour des aides,
plusieurs d'entre eux absolument étrangers aux protestations (1), étaient amenés devant le Tribunal révolutionnaire. Le débat, présidé par Coffinhal, ne
devait, suivant l'usage, être qu'une parodie de la
justice : l'attitude des accusés (puisqu'il faut les appeler de ce nom) en fit une admirable scène. A côté
des membres de la ci-devant chambre des vacations,
le premier président Bochart de Saron, et les présidents de Gourgues, d'Ormesson et Molé de Champlâtreux, signalés aux comités par la suscription que
portait la fatale enveloppe, répondaient, en parta-

---

(1) Un colonel d'infanterie a été compris dans l'accusation
et dans la réponse *collective et non signée* du jury. On a cru gé-
néralement que M. Sallier qui y a été également compris était
un membre du Parlement. C'était un président à la Cour des
aides, *père* du conseiller. Les membres du Parlement condamnés et exécutés le 1er floréal ont été : le premier président Bochart de Saron, les présidents Le Peletier de Rosanbo,
de Gourgues, Lefebvre d'Ormesson, Molé de Champlâtreux, les
présidents des enquêtes Bourrée de Corberon et Rolland, et les
conseillers Duport, Lenoir, Frédy, Camus de la Guibourgère,
Dupuis de Marcé, Fagnier de Mardeuil, Pasquier, Oursin de
Bure, Roubette.

geant le sort de leurs collègues, à l'appel secret
qu'avait adressé à leur honneur le président de Rosanbo. Celui-ci leur exprima la douleur qu'il ressen-
tait de les avoir ainsi entraînés dans sa perte. « Je
vous rends grâces, monsieur, répondit M. de Saron,
en relevant fièrement sa haute taille et sa tête vénérable, et je vous remercie de la confiance dont vous
m'avez honoré, et que je me serais efforcé de mériter, en ne cessant de vous prendre pour guide. »
Les autres présidents s'associèrent à ce langage.
Coffinhal interrogea M. de Rosanbo, le premier sur
la liste et le banc des accusés. Quand il lui demanda
ce qu'il aurait fait de la protestation, si elle n'eût pas
été découverte, l'éminent président eût pu répondre
qu'après tant d'événements il n'avait plus rien à en
faire... « Je voulais la remettre avant de mourir,
dit-il courageusement, au plus ancien de la compagnie. » Alors, comme si le Parlement, aux meilleurs
jours de sa puissance, eût délibéré sur le moins
émouvant des procès, chacun reprit simplement à
son tour : « Et moi de même. » Et puis tout fut dit.
Quelques instants après, à deux heures de l'après-
midi, les condamnés saluaient silencieusement et
redescendaient à la Conciergerie. A quatre heures,
leurs têtes tombaient sur la place de la Révolution.
Pendant ce temps, des crieurs vendaient dans Paris
un imprimé ayant pour titre : « Affaire des présidents

et conseillers des ci-devant Parlements de Paris et
de Toulouse (1). »

Le lendemain, M. de Malesherbes, Mme de Rosanbo,
M. et Mme de Chateaubriand, montaient à leur tour
sur l'échafaud. Avec eux périssait d'Eprémesnil, qui,
pour se punir de ce qu'il appelait ses erreurs, n'avait
jamais voulu, malgré les sollicitations de ses amis,
quitter le sol français. La même charrette conduisit
au supplice l'ardent conseiller autrefois tant applaudi,
et l'un des plus implacables ennemis des Parlements,
l'avocat député Lechapelier. « Auquel de nous,
dit celui-ci en quittant la Conciergerie, vont s'adres-
ser les huées? » D'Eprémesnil jugeait mieux que
lui l'esprit de la Terreur : « A tous les deux, »
répondit-il (2).

Bientôt on condamnait dans la « salle de la Liberté »
(la grand'chambre), avec le reste des magistrats de
Toulouse, quatre magistrats de Paris (3) entre lesquels
j'en veux nommer un, à cause de son étrange destinée. Le conseiller Fréteau, que son exaltation phi-

---

(1) Voir dans l'ouvrage de Campardon une lettre par laquelle
un *juré* invitait sa femme à venir voir juger cette *curieuse*
affaire.

(2) Les crieurs annonçaient dans les rues : « l'affaire de
d'Eprémesnil et *de ses complices*. »

(3) Le président aux enquêtes Le Rebours, et les conseillers
Titon, Fréteau, et de Fourmestreaux.

lanthropique avait lié pendant quelque temps à la
cause de la démagogie, mais qui avait su éviter les
derniers excès, comparaissait pour la seconde fois,
sous une inculpation déjà rejetée. Le jury l'avait pré-
cédemment acquitté à cause de ses sentiments bien
connus, mais on l'avait maintenu, comme on le disait alors, « dans les prisons jusqu'à la paix. » La
colère de l'accusateur n'avait que trop présagé la fin
qui l'attendait. Le comité de salut public ordonna
qu'il serait traduit de nouveau, cette fois avec les
« conspirateurs » du Parlement, et il eut l'honneur
de partager le sort de collègues qui n'avaient jamais
faibli. Il eut aussi celui de se résigner dignement à
un arrêt inique entre tous, et dit seulement, en tendant à celui qui nous a conservé ce trait de caractère, une main que les bourreaux saisirent : « De
notre temps, nous étions fidèles à la maxime *Non
bis-in idem* (1) ».

Ainsi furent successivement sacrifiés trente-trois
membres du Parlement de Paris. Il serait trop long

---

(1) Sallier, 2e partie, t. 2, p. 278, 298. Voir aussi Campardon, *Histoire du Tribunal révolutionnaire*; Mortimer-Ternaux,
notes du 1er volume de l'*Histoire de la Terreur*, et Thomas-La-
tour, *Dernières années du Parlement de Toulouse*. Voir surtout
l'émouvant tableau de la période révolutionnaire dans l'ouvrage de M. le président de Bastard-d'Estang, *les Parlements de
France*. C'est à ce livre, et aux communications de son savant
et obligeant auteur, qu'ont été empruntés les principaux détails
de notre récit.

de raconter en détail ces immolations. Un mot, d'ailleurs, les résume toutes : « J'ai vu, dit un de ceux qui y ont échappé, les magistrats allant à la mort, du même air qu'ils marchaient autrefois dans les cérémonies (1). »

J'ai fini, messieurs, et je m'excuse d'avoir cédé, en oubliant la fuite de l'heure, à un entraînement que je n'étais pas capable de vous faire partager. Conclurai-je, maintenant? En est-il besoin? Non, les faits en disent assez. Je m'interroge seulement et je me demande si je ne serais pas, à mon insu, trop indulgent pour ces hommes du dernier Parlement que j'aime, sans me dissimuler aucune de leurs faiblesses, après avoir passé avec eux un temps qui m'a été doux?..... Je ne le crois pas, et, à une époque où se font heureusement beaucoup de redressements historiques, c'en est un, peut-être, que proposent à votre impartiale justice d'impartiales conclusions du ministère public. Ces magistrats dont

(1) Rioufte, *Mémoires d'un détenu, pour servir à l'histoire de a tyrannie de Robespierre.* Voir la série des condamnations dans le livre de M. de Bastard.

Ce fut le greffier Ysabeau qui fit devant le tribunal révolutionnaire une réponse qu'on a inexactement attribuée à un des membres de la Cour. Le président lui ayant ironiquement demandé s'il reconnaissait la salle où il venait d'être amené : « Oui, dit-il, c'est ici que la vertu jugeait le crime, et où le crime égorge aujourd'hui l'innocence. » (Campardon.)

nous avons connu les survivants, ils ont travaillé, ils ont erré, ils ont souffert pour nous instruire. Tour à tour accusés par tous les partis, ils ont montré qu'ils n'étaient asservis à aucun. Ils ont cru, de bonne foi, qu'ils défendaient les lois fondamentales de la France. Si, dans leurs actes extérieurs, ils ont paru quelquefois rétrogrades, il suffit de lire attentivement leurs archives pour se convaincre qu'appartenant pour la plupart aux classes privilégiées, ils ont cependant toujours aimé la liberté et l'égalité telles que nous les comprenons aujourd'hui. J'ai vu chez eux (je parle de l'ensemble) ce qui importe le plus dans des juges, ce qui importe le plus, aussi, au salut des peuples, le désintéressement, le but élevé de la vie, la droiture des intentions, par-dessus tout la moralité. La moralité! on s'est évertué à rechercher les raisons de la violence avec laquelle s'était faite une révolution qui était, au fond, plus ou moins dans tous les esprits, et qui aurait dû s'accomplir pacifiquement. La cause dont on parle à peine est la seule qui ait rendu inévitable ce que j'appellerais *Gesta Dei per malos*. La démoralisation était là où se trouvaient les forces actives du pays. Gouvernants sans foi, sans détachement d'eux-mêmes, sans respect pour l'homme, haute société vicieuse, peuple corrompu par de contagieux exemples et délaissé dans sa misère et ses passions... est-ce qu'il y a un ordre social qui

puisse résister à de pareils dissolvants? La majorité
était saine, cependant ; mais elle s'ignorait elle-
même. Les classes qui la composaient, celles qu'il
faut intéresser aux affaires publiques, que pouvaient-
elles, que savaient-elles alors?... Les temps ont
bien changé, messieurs. C'est à ces classes instruites
par l'histoire et l'expérience, éclairées, relevées par
un incomparable mouvement intellectuel, qu'ap-
partient l'avenir ; mais prenons garde : l'homme
est toujours l'homme, et, plus que jamais, à
mesure que son rôle s'agrandit et que les séductions
se multiplient, son premier besoin est que ses mœurs
soient pures... Ah ! maintenons-le, ce privilége de
nos devanciers, d'aider à la conservation des mœurs,
non pas seulement par des arrêts, mais par des
exemples! C'est là le seul, parmi beaucoup d'antiques droits, qui nous soit demeuré. Grâce à des
rôles nettement distribués, grâce aux fermes assises
du pouvoir donné par le suffrage national à l'Empereur autour duquel se groupent résolûment, en
pleine connaissance de ce qu'ils veulent, tous les
citoyens qui sentent le prix de la conciliation, de
l'ordre et de la paix pour le développement normal
et durable des institutions, notre soin n'est plus
d'intervenir dans le gouvernement de la patrie. Notre
part semble plus modeste : elle n'en est que meil-
leure. Nous sentons tous combien elle est belle :

heureux sommes-nous de pouvoir nous y consacrer tout entiers !

Ce dévouement aux fonctions, il a été l'une des qualités éminentes des collègues que la Cour a perdus cette année, et auxquels j'ai maintenant à rendre un hommage que vos regrets ont devancé.

S'il m'était donné de transformer en un portrait le souvenir qui nous reste et que nous conservons précieusement de M. le président Rigal et de M. le conseiller de Beausire, nous y retrouverions, sous des formes diverses, les traits des plus dignes magistrats du siècle passé.

Quand on parcourt le registre des admissions au Parlement, on y voit qu'un grand nombre de récipiendaires avaient, comme avocats, acquis d'avance l'estime affectueuse de leurs futurs collègues. M. Rigal eut, de nos jours, cette heureuse fortune. Préparé par de fortes et longues études à la carrière du barreau, il l'aborda avec une volonté persévérante et un cœur parfaitement droit, qui, joints à de riches facultés de l'esprit, lui donnèrent bientôt un rang important parmi ses confrères. Il avait, en 1830, dix-huit années d'un actif exercice, déjà récompensé par le titre justement envié de membre du conseil de l'Ordre, quand le Tribunal de la Seine le reçut dans son sein. Vice-président en 1836, conseiller en 1840, président de chambre en 1849, chevalier de

la Légion d'honneur, il suivait tous les degrés de la
hiérarchie, dont il eût atteint le sommet après avoir
rendu partout de remarquables services, s'il n'eût
couronné la série des exemples donnés par lui, en
sacrifiant ses fonctions à sa conscience. Nul plus que
lui n'avait cette grande qualité du juge qui consiste
à savoir écouter : en 1852, alors qu'il n'avait que
soixante-deux ans, il s'aperçut que le sens qu'il avait
si utilement et si scrupuleusement exercé était me-
nacé par une infirmité légère encore. Son parti fut
pris aussitôt, et, pour emprunter les paroles du magistrat si digne de le louer qui a prononcé son éloge
funèbre (1), « pendant que quelques-uns gémissaient
des rigueurs encore inaccoutumées d'une règle in-
flexible, il se condamna volontairement à une retraite prématurée. » Suivi dans cette retraite par
l'attachement respectueux de ceux dont il s'éloignait,
le président honoraire s'est en vain efforcé de pra-
tiquer la maxime d'une sagesse plus qu'humaine :
ama nesciri ; seize ans s'étaient écoulés quand la
Cour lui a rendu les derniers devoirs : le temps n'a-
vait pas affaibli la mémoire gardée de lui par la
compagnie.

Il n'est aucun de nous, messieurs, qui n'ait été

(1) M. le président Casenave, 19 novembre 1868.

6

personnellement et douloureusement frappé le jour
(18 février 1869) où une mort presque subite nous
a enlevé M. le conseiller de Beausire de Seyssel. Qui
n'eût aimé cet homme si aimable, ce collègue si
obligeant et si bon, ce juge à la fois si éclairé et si
modeste, ce magistrat vraiment accompli, chez lequel la forme et le fond étaient réunis dans une si
exquise harmonie ? Toujours zélé, mais avec une
constante mesure, toujours ouvert sans cesser d'être
réservé, toujours égal à lui-même, il ne se sépa-
rait jamais de ceux qui l'avaient approché qu'en
leur laissant un regret. On se sentait charmé, en-
couragé, adouci par son contact. Héritier d'un nom
distingué, il avait par excellence cette urbanité gra-
cieuse et franche qu'il devait sans doute aux traditions de sa famille, mais qui venait surtout d'une
bienveillance sincère, et dont on ne saurait, sans
quelque peine, voir notre société abandonner un peu
le privilége au sort des choses de l'ancien régime.
M. de Beausire, qui ne parlait jamais de ce qu'il
était ni de ce qu'il avait fait, n'en avait pas moins
un état de services singulièrement honorable. Après
avoir rempli, à la Martinique, depuis le 14 février
1830 jusqu'en novembre 1845, les fonctions de juge
auditeur, de substitut, de conseiller auditeur, de
lieutenant de juge, de substitut du procureur général, et de conseiller, il était devenu président de la

Cour de la Guadeloupe, et, en 1852, officier de la
Légion d'honneur. Il était, en outre, membre du
comité consultatif des colonies. Lorsqu'en janvier
1854 il était arrivé comme juge au Tribunal de la
Seine, on s'était presque étonné qu'un magistrat de
son grade et de son mérite n'eût pas ambitionné
une récompense plus élevée encore, et, parmi ceux-
là même dont il devint ensuite le concurrent pré-
féré, il ne se trouva personne qui n'applaudît à sa
nouvelle promotion, quand, en 1859, il fut nommé
conseiller. Vous espériez ne le voir quitter vos rangs
que pour monter à de plus hauts siéges, et tout
semblait justifier cette espérance... La mort est
venue, rapide, mais non inattendue, et il a laissé du
moins à ceux qui le pleurent la plus haute des con-
solations : son âme, profondément chrétienne, était
de celles qui ne sont jamais surprises par l'appel
suprême, et qu'au moment du redoutable passage,
un regard vers Dieu achève de préparer.

Puis-je m'arrêter, messieurs, sans acquitter, au
nom du parquet, et aussi, j'en suis sûr, au nom de
la Cour, le tribut de notre unanime sympathie pour
le collègue qu'une cause affligeante a momenta-
nément séparé de nous ? Un mal cruel, dont la première origine est dans l'excès des veilles laborieuses,
a rendu impossible à M. l'avocat général Genreau,
pendant un temps qui menaçait de se prolonger,

l'exercice de ses fonctions. Sa conscience, à lui aussi,
s'est émue. Il a mieux aimé, jeune et plein d'avenir,
interrompre sa chère carrière, que de conserver un
titre dont il ne croyait pas pouvoir accomplir toutes
les obligations. Mais le sacrifice qu'il s'est imposé
portera ses fruits. Dans le repos salutaire auquel il
s'est condamné, nos mains restent tendues vers lui,
et nous espérons le voir bientôt reprendre sa robe
généreusement déposée.

Avocats,

Jamais nous ne sentons mieux quel lien rattache
votre ordre à la magistrature qu'en songeant aux
épreuves traversées par la famille judiciaire. Votre
histoire ne se sépare pas de notre histoire, vos efforts
tendent au même but que les nôtres, et, de même
que vos gloires nous honorent, quand nous avons
été frappés vous l'avez été avec nous. C'est à vous
autant qu'à la Cour que se sont adressées aujour-
d'hui nos paroles.

Avoués,

L'œuvre morale à laquelle nous travaillons tous
vous compte au nombre de ses plus précieux auxi-

liaires. A vous les premières et intimes confidences des justiciables, à vous la tâche de préparer les voies promptes et sûres pour l'exacte et équitable administration de la justice, à vous le soin délicat d'intérêts moins apparents sans doute que ceux auxquels la voix du barreau prête devant nous son éloquent ministère, mais tout aussi sacrés pour les familles, et étroitement liés à l'ordre public. Vous le savez bien, mais nous nous plaisons à le redire : vos fonctions ainsi comprises s'élèvent à la hauteur d'une mission.

Nous requérons, pour l'Empereur, qu'il plaise à la Cour admettre les avocats présents à la barre à renouveler leur serment.

Paris. — E. Donnaud, imprimeur de la Cour impériale, rue Cassette, 9.

BIBLIOTHEQUE NATIONALE DE FRANCE

3 7531 04324922 7

www.ingramcontent.com/pod-product-compliance
Lightning Source LLC
Chambersburg PA
CBHW060431260626
47161CB00005B/1876